ŒUVRES & THÈMES

Collection dirigée
par Hélène Potelet et Georges Décot

Le Veston ensorcelé et autres nouvelles inquiétantes

Anthologie

Dossier thématique

Les figures du fantastique

Claire Pelissier-Folcolini
agrégée de lettres modernes

Paris 2018
ISBN 978-2-401-04766-2
ISSN 01840851

Hatier

SOMMAIRE

LES REPÈRES CLÉS 4

AVANT DE COMMENCER 6

Le Veston ensorcelé

et autres nouvelles inquiétantes

NOUVELLE 1 La Cafetière, de Théophile Gautier 10

NOUVELLE 2 Le Portrait ovale, d'Edgar Poe 29

NOUVELLE 3 Qui sait ?, de Guy de Maupassant 40

NOUVELLE 4 Le Veston ensorcelé, de Dino Buzzati 65

NOUVELLE 5 Le Jeu du bouton, de Richard Matheson 82

NOUVELLE 6 Fonds d'écran, de Pierre Bordage 101

CARNET DE LECTURE

QUESTIONS SUR...

La Cafetière 23

Le Portrait ovale 35

Qui sait ? 59

Le Veston ensorcelé 76

Le Jeu du bouton 95

Fonds d'écran 109

POUR ALLER PLUS LOIN 114

DOSSIER : LES FIGURES DU FANTASTIQUE

LA FIGURE DU DOUBLE : ENTRE RAISON ET FOLIE 116

- Le double par division ou multiplication
- Le double hallucinatoire

LE PACTE DIABOLIQUE 119

- Vendre son ombre
- Vendre son âme

LES MORTS VIVANTS 121

- Les fantômes et les revenants
- Les zombies
- Les vampires : la naissance du mythe
- Les vampires : un thème clé du fantastique contemporain

Maximilian Schreck dans le film *Nosferatu le vampire* (1922) réalisé par F.W. Murnau.

LES REPÈRES CLÉS

Naissance et essor du fantastique (XVIIIe-XIXe siècles)

► Le récit fantastique naît en France au XVIIIe siècle, au moment où les philosophes des Lumières (Voltaire, Rousseau, Montesquieu, Diderot) combattent pour le triomphe de la raison et rejettent le surnaturel. En même temps, par réaction, coexistent un attrait pour la sensibilité et un goût pour l'étrange.

► Dans la première moitié du XIXe siècle se développe le mouvement romantique qui donne la primauté aux sentiments et au rêve, ce qui favorise l'essor du fantastique. Il est alors influencé par le roman noir anglais où règnent le macabre et la terreur (fantômes, squelettes, cimetières au clair de lune).

► Après 1850, le spiritisme, à la mode, affirme la possibilité d'entrer en relation avec le monde des esprits. Les progrès des sciences suscitent des angoisses et le besoin de croire en un au-delà. Les avancées de la psychiatrie permettent l'introduction de cas pathologiques dans les récits fantastiques. C'est aussi le moment où naît la psychanalyse avec Sigmund Freud (1856-1939) qui se livre à des études sur l'inconscient et le rêve.

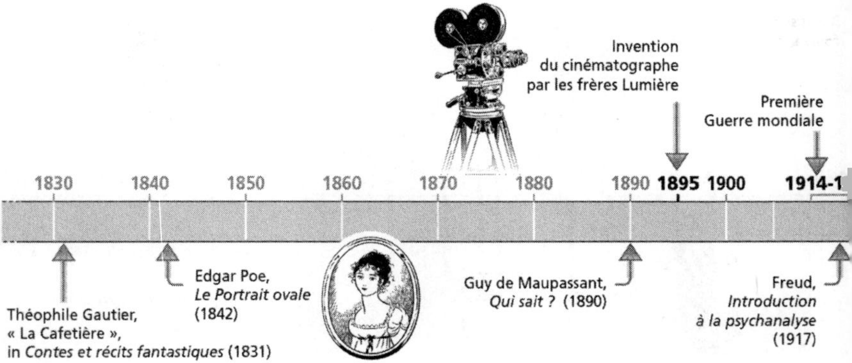

Vitalité et diversité du genre (XXe-XXIe siècles)

► Le fantastique connaît un renouveau aux XXe et XXIe siècles. Les prodigieuses découvertes scientifiques (conquête spatiale, naissance de l'informatique...), mais aussi les nombreux traumatismes (guerres mondiales, crises économiques, cybercriminalité, problèmes éthiques liés aux avancées de la biologie...) sont sources d'angoisse.

► Le surréalisme, fondé en 1924 par l'écrivain français André Breton (1896-1966), explore les richesses de l'inconscient, du rêve, de l'imagination. René Magritte (1898-1967), peintre surréaliste belge, exécute d'étranges compositions.

► Au cinéma, les possibilités du cinéma parlant, né aux États-Unis en 1927, sont exploitées pour développer le cinéma fantastique, notamment par René Clair, Jean Duvivier, Jean Renoir...

► Le genre s'oriente aussi vers l'*heroic fantasy* (Tolkien, *Le Seigneur des anneaux*, 1966), vers la science-fiction, où domine l'angoisse de l'avenir, vers les récits d'épouvante (Stephen King) ou encore le réalisme magique, notamment chez les écrivains sud-américains qui révèlent les aspects insolites du quotidien.

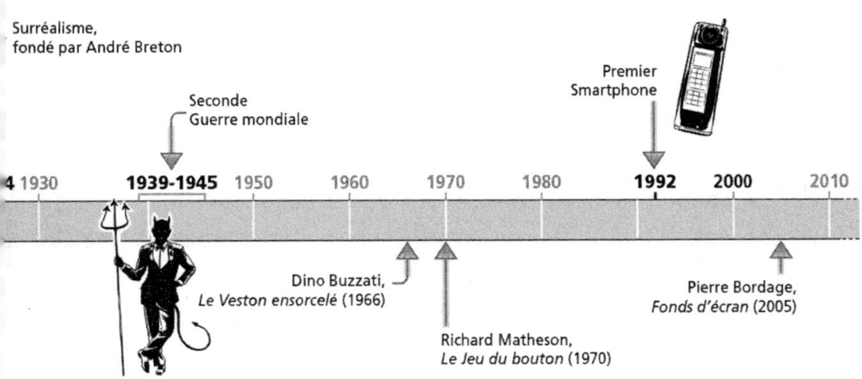

L'évolution du fantastique

► Le mot « fantastique » vient du grec *phantasia* qui signifie « apparition de choses extraordinaires et propres à frapper l'imagination ». Le récit fantastique met en scène des événements étranges qui ne peuvent être expliqués par les lois naturelles.

► Au XIXe siècle, le fantastique classique a pour principal ressort l'impossibilité, pour le lecteur, de trancher entre une explication rationnelle (que l'on peut expliquer par la raison) et une interprétation surnaturelle des faits. Le fantastique se distingue ainsi du merveilleux et de la science-fiction qui autorisent tous les débordements de l'imagination.

► Aux XXe et XXIe siècles, le principe d'hésitation est abandonné et les frontières entre merveilleux, fantastique, science-fiction, horreur s'estompent. Les récits fantastiques ont en commun l'effet produit sur le lecteur : malaise, inquiétude, voire terreur. Ils font renaître les peurs ancestrales des êtres humains, comme la peur de la mort et de l'au-delà, avec son lot de fantômes, d'êtres diaboliques et d'objets maléfiques.

La nouvelle fantastique

► La nouvelle est une forme adaptée au fantastique. La mise en situation rapide et la concentration dramatique (rythme soutenu) se prêtent au surgissement de l'étrange.

► L'écriture serrée intensifie l'expression des sentiments, privilégie la suggestion plutôt que les développements, provoquant l'inquiétude du lecteur et ses interrogations. La fin de la nouvelle laisse souvent dans l'indétermination ou le choc, par une chute sans appel qui entretient le malaise.

Les auteurs du recueil

▸ Les six nouvelles fantastiques du présent recueil marquent l'évolution du genre du XIXe au XXIe siècle.

▸ **Guy de Maupassant** (1850-1893), écrivain et journaliste français, étudie à Rouen où Flaubert (ami de sa mère) l'encourage à écrire, puis exerce à Paris une charge ministérielle qui lui inspire des récits réalistes. Des troubles mentaux le conduisent à écrire ses récits fantastiques : *Le Horla, Apparition, La Peur, Qui sait ?...*

▸ **Edgar Allan Poe** (1809-1849), poète, romancier et dramaturge américain, est l'une des principales figures du romantisme. Il est connu pour ses poèmes et contes fantastiques : *La Chute de la maison Usher, William Wilson, Le Chat noir, Le Cœur révélateur...*

▸ **Théophile Gautier** (1811-1872), poète, romancier et critique d'art français, est un précurseur des Parnassiens (tenants de l'Art pour l'Art). Il développe sa veine fantastique en publiant *La Cafetière* (1831) et *Le Roman de la momie* (1858).

▸ **Dino Buzzati** (1906-1972), journaliste, peintre et romancier italien, est l'auteur du roman *Le Désert des Tartares* (1940) et du recueil de nouvelles *Le K* (1866). Il fait surgir du quotidien l'insolite ou le fantastique, tout en peignant l'impuissance humaine face à un monde difficile à comprendre.

▸ **Richard Burton Matheson** (1926-2013), scénariste et écrivain américain, dont les genres favoris sont l'épouvante et la science-fiction, connaît le succès avec ses romans *Je suis une légende* (1954) et *L'Homme qui rétrécit* (1956) adaptés au cinéma.

▸ **Pierre Bordage** (né en 1955), auteur français, s'est fait connaître avec sa trilogie de space opera *Les Guerriers du silence* (1993), puis avec ses œuvres de science-fiction empreintes d'humanisme et de spiritualité : *Ceux qui sauront* (2008) et *Ceux qui rêvent* (2010).

Les leçons existentielles du fantastique

▸ Les récits fantastiques font peur, car ils abordent par la fiction les questions que l'être humain se pose sur son existence : sa présence sur Terre, l'amour, la mort, le bonheur, l'art, l'esprit critique et la liberté individuelle.

▸ *La Cafetière* pose le problème de la frontière entre la vie et la mort. Y a-t-il un après ? Peut-on aimer au-delà de la mort ?

▸ La nouvelle *Qui sait ?* met en scène un narrateur qui a été fortement impressionné par un spectacle. Elle pose ainsi la question du pouvoir que l'art peut avoir sur les esprits.

▸ D'une manière plus directe, *Le Portrait ovale* interroge la posture de l'artiste qui veut égaler Dieu en reproduisant le miracle de la vie dans son œuvre.

▸ À travers le thème des objets ensorcelés, le récit fantastique peut livrer une réflexion sur la conception du bonheur.
Dans *Le Veston ensorcelé* et *Le Jeu du bouton*, les personnages pensent que la possession de richesses ou de biens matériels peut les conduire au bonheur, mais ils se rendent compte avec amertume ou désespoir que leurs biens les plus chers sont en réalité des êtres aimés ou leur liberté.

▸ Dans *Fonds d'écran*, la question de l'addiction est au premier plan : les hommes ne perdent-ils pas leur esprit critique et leur liberté en entrant de manière irraisonnée dans le monde virtuel des écrans ?

Le Veston ensorcelé
et autres nouvelles inquiétantes

J.-J. Grandville, *Concert à la vapeur*, 1843. Gravure, 200 × 150 cm. Bibliothèque nationale de France, Paris.

NOUVELLE 1 THÉOPHILE GAUTIER

La Cafetière

J'ai vu sous de sombres voiles
Onze étoiles,
La lune, aussi le soleil,
Me faisant la révérence,
En silence,
Tout le long de mon sommeil.
La vision de Joseph[1]

I

L'année dernière, je fus invité, ainsi que deux de mes camarades d'atelier[2], Arrigo Cohic et Pedrino Borgnioli, à passer quelques jours dans une terre[3] au fond de la Normandie.

Le temps, qui, à notre départ, promettait d'être superbe, s'avisa de changer tout à coup, et il tomba tant de pluie, que les chemins creux où nous marchions étaient comme le lit d'un torrent.

Nous enfoncions dans la bourbe jusqu'aux genoux, une couche épaisse de terre grasse s'était attachée aux semelles de nos bottes, et par sa pesanteur ralentissait tellement nos pas, que nous n'arrivâmes au lieu de notre destination qu'une heure après le coucher du soleil.

1. ***La vision de Joseph*** **:** poème inspiré de la Genèse (Bible).
2. **Atelier :** atelier de peinture.
3. **Une terre :** une propriété.

Nous étions harassés ; aussi, notre hôte, voyant les efforts que nous faisions pour comprimer nos bâillements et tenir les yeux ouverts, aussitôt que nous eûmes soupé, nous fit conduire chacun dans notre chambre.

La mienne était vaste ; je sentis, en y entrant, comme un frisson de fièvre, car il me sembla que j'entrais dans un monde nouveau.

En effet, l'on aurait pu se croire au temps de la Régence[4], à voir les dessus de porte de Boucher[5] représentant les quatre Saisons[6], les meubles surchargés d'ornements de rocaille[7] du plus mauvais goût, et les trumeaux[8] des glaces sculptés lourdement.

Rien n'était dérangé. La toilette[9] couverte de boîtes à peignes, de houppes à poudrer, paraissait avoir servi la veille. Deux ou trois robes de couleurs changeantes, un éventail semé de paillettes d'argent, jonchaient le parquet bien ciré, et, à mon grand étonnement, une tabatière d'écaille ouverte sur la cheminée était pleine de tabac encore frais.

Je ne remarquai ces choses qu'après que le domestique, déposant son bougeoir sur la table de nuit, m'eut souhaité un bon somme, et, je l'avoue, je commençai à trembler comme la feuille. Je me déshabillai promptement, je me couchai, et, pour en finir avec ces sottes

4. La Régence : période historique pendant laquelle Philippe d'Orléans gouverne à la place de Louis XV encore enfant. Période de relâchement des mœurs.

5. Boucher (François) : peintre français du XVIIIe siècle connu pour ses peintures de scènes galantes.

6. Les quatre Saisons : personnification des saisons sous une forme humaine.

7. Rocaille : motifs décoratifs formés de lignes arrondies.

8. Trumeaux : miroirs surmontés d'une peinture et placés au-dessus des cheminées.

9. Toilette : meuble pourvu d'un miroir pour se maquiller ou se coiffer.

frayeurs, je fermai bientôt les yeux en me tournant du côté de la muraille.

Mais il me fut impossible de rester dans cette position : le lit s'agitait sous moi comme une vague, mes paupières se retiraient violemment en arrière. Force me fut de me retourner et de voir.

Le feu qui flambait jetait des reflets rougeâtres dans l'appartement, de sorte qu'on pouvait sans peine distinguer les personnages de la tapisserie et les figures des portraits enfumés pendus à la muraille.

C'étaient les aïeux de notre hôte, des chevaliers bardés de fer, des conseillers en perruque, et de belles dames au visage fardé et aux cheveux poudrés à blanc, tenant une rose à la main.

Tout à coup le feu prit un étrange degré d'activité[10] ; une lueur blafarde illumina la chambre, et je vis clairement que ce que j'avais pris pour de vaines peintures était la réalité ; car les prunelles de ces êtres encadrés remuaient, scintillaient d'une façon singulière ; leurs lèvres s'ouvraient et se fermaient comme des lèvres de gens qui parlent, mais je n'entendais rien que le tic-tac de la pendule et le sifflement de la bise d'automne.

Une terreur insurmontable s'empara de moi, mes cheveux se hérissèrent sur mon front, mes dents s'entrechoquèrent à se briser, une sueur froide inonda tout mon corps.

La pendule sonna onze heures. Le vibrement du dernier coup retentit longtemps, et, lorsqu'il fut éteint tout à fait...

---

10. Le feu prit un étrange degré d'activité : le feu devient plus vivace.

Oh ! non, je n'ose pas dire ce qui arriva, personne ne me croirait, et l'on me prendrait pour un fou.

Les bougies s'allumèrent toutes seules ; le soufflet, sans qu'aucun être visible lui imprimât le mouvement, se prit à souffler le feu, en râlant comme un vieillard asthmatique, pendant que les pincettes fourgonnaient dans les tisons[11] et que la pelle relevait les cendres.

Ensuite une cafetière se jeta en bas d'une table où elle était posée, et se dirigea, clopin-clopant, vers le foyer, où elle se plaça entre les tisons.

Quelques instants après, les fauteuils commencèrent à s'ébranler, et, agitant leurs pieds tortillés d'une manière surprenante, vinrent se ranger autour de la cheminée.

II

Je ne savais que penser de ce que je voyais ; mais ce qui me restait à voir était encore bien plus extraordinaire.

Un des portraits, le plus ancien de tous, celui d'un gros joufflu à barbe grise, ressemblant, à s'y méprendre, à l'idée que je me suis faite du vieux sir John Falstaff[12], sortit, en grimaçant, la tête de son cadre, et, après de grands efforts, ayant fait passer ses épaules et son ventre rebondi entre les ais[13] étroits de la bordure, sauta lourdement par terre.

---

11. Fourgonnaient dans les tisons : remuaient la braise.
12. Vieux sir John Falstaff : personnage comique dans le théâtre de Shakespeare.
13. Ais : planches.

Il n'eut pas plutôt pris haleine, qu'il tira de la poche de son pourpoint[14] une clef d'une petitesse remarquable ; il souffla dedans pour s'assurer si la forure[15] était bien nette, et il l'appliqua à tous les cadres les uns après les autres.

Et tous les cadres s'élargirent de façon à laisser passer aisément les figures qu'ils renfermaient.

Petits abbés poupins[16], douairières[17] sèches et jaunes, magistrats à l'air grave ensevelis dans de grandes robes noires, petits-maîtres[18] en bas de soie, en culotte de prunelle[19], la pointe de l'épée en haut, tous ces personnages présentaient un spectacle si bizarre, que, malgré ma frayeur, je ne pus m'empêcher de rire.

Ces dignes personnages s'assirent ; la cafetière sauta légèrement sur la table. Ils prirent le café dans des tasses du Japon blanches et bleues, qui accoururent spontanément de dessus un secrétaire[20], chacune d'elles munie d'un morceau de sucre et d'une petite cuiller d'argent.

Quand le café fut pris, tasses, cafetière et cuillers disparurent à la fois, et la conversation commença, certes la plus curieuse que j'aie jamais ouïe, car aucun de ces étranges causeurs ne regardait l'autre en parlant : ils avaient tous les yeux fixés sur la pendule.

Je ne pouvais moi-même en détourner mes regards et m'empêcher de suivre l'aiguille, qui marchait vers minuit à pas imperceptibles.

---

14. Pourpoint : gilet.
15. Forure : partie trouée de la clé.
16. Poupins : qui ont les joues rebondies comme des poupées.
17. Douairières : vieilles dames de la haute société.
18. Petits-maîtres : jeunes gens élégants et prétentieux.
19. Culotte de prunelle : pantalon de soie ou de laine.
20. Secrétaire : meuble pourvu d'un panneau rabattable et servant de bureau.

Enfin, minuit sonna ; une voix, dont le timbre était exactement celui de la pendule, se fit entendre et dit :

« Voici l'heure, il faut danser. »

Toute l'assemblée se leva. Les fauteuils se reculèrent de leur propre mouvement ; alors, chaque cavalier prit la main d'une dame, et la même voix dit :

« Allons, messieurs de l'orchestre, commencez ! »

J'ai oublié de dire que le sujet de la tapisserie était un concerto italien[21] d'un côté, et de l'autre une chasse au cerf où plusieurs valets donnaient du cor. Les piqueurs[22] et les musiciens, qui, jusque-là, n'avaient fait aucun geste, inclinèrent la tête en signe d'adhésion.

Le maestro[23] leva sa baguette, et une harmonie vive et dansante s'élança des deux bouts de la salle. On dansa d'abord le menuet[24].

Mais les notes rapides de la partition exécutée par les musiciens s'accordaient mal avec ces graves révérences : aussi chaque couple de danseurs, au bout de quelques minutes, se mit à pirouetter, comme une toupie d'Allemagne. Les robes de soie des femmes, froissées dans ce tourbillon dansant, rendaient des sons d'une nature particulière ; on aurait dit le bruit d'ailes d'un vol de pigeons. Le vent qui s'engouffrait par-dessous les gonflait prodigieusement, de sorte qu'elles avaient l'air de cloches en branle.

L'archet[25] des virtuoses passait si rapidement sur les cordes, qu'il en jaillissait des étincelles électriques.

---

21. Concerto italien : œuvre musicale d'origine italienne.
22. Les piqueurs : lors d'une chasse à courre, valets qui poursuivent le cerf à cheval.
23. Maestro : chef d'orchestre.
24. Menuet : danse à trois temps à la mode sous la Régence.
25. Archet : baguette qui sert à faire vibrer les cordes du violon.

Les doigts des flûteurs se haussaient et se baissaient comme s'ils eussent été de vif-argent[26] ; les joues des piqueurs étaient enflées comme des ballons, et tout cela formait un déluge de notes et de trilles[27] si pressés et de gammes ascendantes et descendantes si entortillées, si inconcevables, que les démons eux-mêmes n'auraient pu deux minutes suivre une pareille mesure.

Aussi, c'était pitié de voir tous les efforts de ces danseurs pour rattraper la cadence. Ils sautaient, cabriolaient, faisaient des ronds de jambe, des jetés battus et des entrechats[28] de trois pieds de haut, tant que la sueur, leur coulant du front sur les yeux, leur emportait les mouches[29] et le fard. Mais ils avaient beau faire, l'orchestre les devançait toujours de trois ou quatre notes.

La pendule sonna une heure ; ils s'arrêtèrent. Je vis quelque chose qui m'était échappé : une femme qui ne dansait pas.

Elle était assise dans une bergère[30] au coin de la cheminée, et ne paraissait pas le moins du monde prendre part à ce qui se passait autour d'elle.

Jamais, même en rêve, rien d'aussi parfait ne s'était présenté à mes yeux ; une peau d'une blancheur éblouissante, des cheveux d'un blond cendré, de longs cils et des prunelles bleues, si claires et si transparentes, que je voyais son âme à travers aussi distinctement qu'un caillou au fond d'un ruisseau.

---

26. Vif-argent : se dit de ce qui brille et se déplace très vite comme le mercure.
27. Trilles : alternance rapide de deux notes voisines.
28. Jetés battus et entrechats : pas de danse.
29. Mouches : faux grains de beauté en tissu noir à la mode au XVIIIe siècle.
30. Bergère : vaste fauteuil.

Et je sentis que, si jamais il m'arrivait d'aimer quelqu'un, ce serait elle. Je me précipitai hors du lit, d'où jusque-là je n'avais pu bouger, et je me dirigeai vers elle, conduit par quelque chose qui agissait en moi sans que je pusse m'en rendre compte ; et je me trouvai à ses genoux, une de ses mains dans les miennes, causant avec elle comme si je l'eusse connue depuis vingt ans.

Mais, par un prodige bien étrange, tout en lui parlant, je marquais d'une oscillation de tête la musique qui n'avait pas cessé de jouer ; et, quoique je fusse au comble du bonheur d'entretenir[31] une aussi belle personne, les pieds me brûlaient de danser avec elle.

Cependant je n'osais lui en faire la proposition. Il paraît qu'elle comprit ce que je voulais, car, levant vers le cadran de l'horloge la main que je ne tenais pas :

« Quand l'aiguille sera là, nous verrons, mon cher Théodore. »

Je ne sais comment cela se fit, je ne fus nullement surpris de m'entendre ainsi appeler par mon nom, et nous continuâmes à causer. Enfin, l'heure indiquée sonna, la voix au timbre d'argent vibra encore dans la chambre et dit :

« Angéla, vous pouvez danser avec monsieur, si cela vous fait plaisir, mais vous savez ce qui en résultera.

– N'importe », répondit Angéla d'un ton boudeur.

Et elle passa son bras d'ivoire autour de mon cou.

« Prestissimo[32] ! » cria la voix.

31. Entretenir : parler à.
32. Prestissimo : rythme très rapide.

Et nous commençâmes à valser. Le sein de la jeune fille touchait ma poitrine, sa joue veloutée effleurait la mienne, et son haleine suave[33] flottait sur ma bouche. Jamais de la vie je n'avais éprouvé une pareille émotion ; mes nerfs tressaillaient comme des ressorts d'acier, mon sang coulait dans mes artères en torrent de lave, et j'entendais battre mon cœur comme une montre accrochée à mes oreilles.

Pourtant cet état n'avait rien de pénible. J'étais inondé d'une joie ineffable[34] et j'aurais toujours voulu demeurer ainsi, et, chose remarquable, quoique l'orchestre eût triplé de vitesse, nous n'avions besoin de faire aucun effort pour le suivre.

Les assistants, émerveillés de notre agilité, criaient bravo, et frappaient de toutes leurs forces dans leurs mains, qui ne rendaient aucun son.

Angéla, qui jusqu'alors avait valsé avec une énergie et une justesse surprenantes, parut tout à coup se fatiguer ; elle pesait sur mon épaule comme si les jambes lui eussent manqué ; ses petits pieds, qui, une minute auparavant, effleuraient le plancher, ne s'en détachaient que lentement, comme s'ils eussent été chargés d'une masse de plomb.

« Angéla, vous êtes lasse, lui dis-je, reposons-nous.

– Je le veux bien, répondit-elle en s'essuyant le front avec son mouchoir. Mais, pendant que nous valsions, ils se sont tous assis ; il n'y a plus qu'un fauteuil, et nous sommes deux.

33. Suave : douce. **34. Ineffable :** que l'on ne peut dire.

– Qu'est-ce que cela fait, mon bel ange ? Je vous prendrai sur mes genoux. »

III

Sans faire la moindre objection, Angéla s'assit, m'entourant de ses bras comme d'une écharpe blanche, cachant sa tête dans mon sein pour se réchauffer un peu, car elle était devenue froide comme un marbre.

Je ne sais pas combien de temps nous restâmes dans cette position, car tous mes sens étaient absorbés dans la contemplation de cette mystérieuse et fantastique créature.

Je n'avais plus aucune idée de l'heure ni du lieu ; le monde réel n'existait plus pour moi, et tous les liens qui m'y attachent étaient rompus ; mon âme, dégagée de sa prison de boue, nageait dans le vague et l'infini ; je comprenais ce que nul homme ne peut comprendre, les pensées d'Angéla se révélant à moi sans qu'elle eût besoin de parler ; car son âme brillait dans son corps comme une lampe d'albâtre[35], et les rayons partis de sa poitrine perçaient la mienne de part en part.

L'alouette[36] chanta, une lueur pâle se joua sur les rideaux.

Aussitôt qu'Angéla l'aperçut, elle se leva précipitamment, me fit un geste d'adieu, et, après quelques pas, poussa un cri et tomba de sa hauteur.

35. Albâtre : pierre blanche.
36. Alouette : oiseau qui annonce le jour, donc la séparation des amants.

Saisi d'effroi, je m'élançai pour la relever... Mon sang se fige rien que d'y penser : je ne trouvai rien que la cafetière brisée en mille morceaux.

À cette vue, persuadé que j'avais été le jouet de quelque illusion diabolique, une telle frayeur s'empara de moi, que je m'évanouis.

IV

Lorsque je repris connaissance, j'étais dans mon lit ; Arrigo Cohic et Pedrino Borgnioli se tenaient debout à mon chevet.

Aussitôt que j'eus ouvert les yeux, Arrigo s'écria :

« Ah ! ce n'est pas dommage ! voilà bientôt une heure que je te frotte les tempes d'eau de Cologne. Que diable as-tu fait cette nuit ? Ce matin, voyant que tu ne descendais pas, je suis entré dans ta chambre, et je t'ai trouvé tout du long étendu par terre, en habit à la française, serrant dans tes bras un morceau de porcelaine brisée, comme si c'eût été une jeune et jolie fille.

– Pardieu ! c'est l'habit de noce de mon grand-père, dit l'autre en soulevant une des basques[37] de soie fond rose à ramages[38] verts. Voilà les boutons de strass et de filigrane[39] qu'il nous vantait tant. Théodore l'aura trouvé dans quelque coin et l'aura mis pour s'amuser. Mais à propos de quoi t'es-tu trouvé mal ? ajouta Borgnioli. Cela est bon pour une petite-maîtresse qui a des épaules blanches ; on

---

37. Basques : pans de veste.
38. À ramages : décorés de rameaux feuillus.
39. Filigrane : ouvrage fait de fils d'or et d'argent.

la délace, on lui ôte ses colliers, son écharpe, et c'est une belle occasion de faire des minauderies[40].

– Ce n'est qu'une faiblesse qui m'a pris ; je suis sujet à cela », répondis-je sèchement.

Je me levai, je me dépouillai de mon ridicule accoutrement.

Et puis l'on déjeuna.

Mes trois camarades mangèrent beaucoup et burent encore plus ; moi, je ne mangeais presque pas, le souvenir de ce qui s'était passé me causait d'étranges distractions[41].

Le déjeuner fini, comme il pleuvait à verse, il n'y eut pas moyen de sortir ; chacun s'occupa comme il put. Borgnioli tambourina des marches guerrières sur les vitres ; Arrigo et l'hôte firent une partie de dames ; moi, je tirai de mon album un carré de vélin[42], et je me mis à dessiner.

Les linéaments[43] presque imperceptibles tracés par mon crayon, sans que j'y eusse songé le moins du monde, se trouvèrent représenter avec la plus merveilleuse exactitude la cafetière qui avait joué un rôle si important dans les scènes de la nuit.

« C'est étonnant comme cette tête ressemble à ma sœur Angéla », dit l'hôte, qui, ayant terminé sa partie, me regardait travailler par-dessus mon épaule.

En effet, ce qui m'avait semblé tout à l'heure une cafetière était bien réellement le profil doux et mélancolique d'Angéla.

---

40. Minauderies : mines que l'on prend pour attirer l'attention ou séduire.
41. Distractions : moments d'absence.
42. Vélin : papier de luxe très blanc.
43. Linéaments : lignes.

« De par tous les saints du paradis ! est-elle morte ou vivante ? » m'écriai-je d'un ton de voix tremblant, comme si ma vie eût dépendu de sa réponse.

« Elle est morte, il y a deux ans, d'une fluxion de poitrine à la suite d'un bal.

– Hélas ! » répondis-je douloureusement.

Et, retenant une larme qui était près de tomber, je replaçai le papier dans l'album.

Je venais de comprendre qu'il n'y avait plus pour moi de bonheur sur la terre !

Théophile Gautier, *La Cafetière* (1831).

J.H. Fragonard (1732-1806), *Jeune fille debout de profil.* Sanguine, 37,5 × 24,5 cm. Musée des Arts décoratifs.

QUESTIONS SUR *LA CAFETIÈRE*

AI-JE BIEN LU ?

1 Cochez les bonnes réponses.

a. L'action se déroule...

☐ en Bretagne ☐ en Normandie ☐ en Auvergne

b. Le personnage principal et la jeune femme avec qui il danse se nomment...

☐ Théo ☐ Théodore ☐ Théophile

☐ Angélique ☐ Angèle ☐ Angéla

c. Les événements étranges se déroulent...

☐ la nuit ☐ le jour

d. Deux objets participent principalement au fantastique :

☐ le bougeoir et la clé

☐ le fauteuil et la cafetière

☐ la cafetière et la pendule

J'ANALYSE LE TEXTE

Le narrateur et le cadre

INFO+

• Le **narrateur** est celui qui raconte l'histoire.
S'il a vécu les événements qu'il raconte, il mène le récit à la 1re personne. S'il est extérieur à l'histoire, il le mène à la 3e personne.

• On parle de **cadre réaliste** lorsque les lieux et l'époque évoqués existent ou pourraient exister dans la réalité.
Dans un récit fantastique, la survenue du surnaturel prend d'autant plus de relief qu'elle s'insère dans un cadre réaliste.

2 **a.** À quelle personne le narrateur mène-t-il le récit ?

b. À quand les événements racontés remontent-ils ?

3 **a.** Le cadre de l'action (région, chambre) est-il réaliste ?

b. Le choix du narrateur et du cadre invite-t-il le lecteur à croire à l'histoire qu'on lui raconte ?

Les phénomènes étranges

L'irruption de l'étrange

INFO+

L'**irruption de l'étrange** dans le récit fantastique est préparée : les personnages sont souvent en proie à des états seconds (fatigue, fièvre, endormissement…) ou se trouvent dans la semi-obscurité, ce qui peut modifier leurs perceptions.

4 Remplissez le tableau.

État physique du narrateur au moment où il se couche (l. 14-40)	……………………………… ………………………………
Notations d'éclairage (l. 44-59)	……………………………… ………………………………
Notations de bruit (l. 44-65)	……………………………… ………………………………

5 Quelle phrase annonce l'arrivée d'un phénomène bizarre ?

Les objets et les personnages

6 Numérotez ces actions dans l'ordre chronologique.

- […….] Le personnage joufflu libère les autres de leur cadre.
- […….] La cafetière saute sur la table suivie des tasses à café.
- […….] Un personnage joufflu à la barbe grise sort de son cadre.
- […….] Minuit sonne et les personnages se mettent à danser.
- […….] Tous les personnages prennent le café ensemble.
- […….] Théodore et Angéla se mettent à valser.
- […….] Au chant de l'alouette, la cafetière se brise en mille morceaux.

INFO+
L'étrangeté des femmes fantastiques naît de l'incertitude qu'elles suscitent quant à leur caractère angélique ou diabolique.

7 **a.** Relevez les traits physiques d'Angéla (l. 159-164).
b. Quelle image est donnée de ce personnage ?
Son prénom correspond-il à cette image ? Justifiez.
c. Pourquoi le narrateur pense-t-il, dans un premier temps, avoir été « le jouet de quelque illusion diabolique » (l. 247-248) ?

Les réactions du narrateur

8 Relevez les manifestations physiques de la peur aux lignes 33 à 39, et aux lignes 60 à 63.

9 Quel sentiment le narrateur éprouve-t-il lorsqu'il danse avec Angéla (l. 192-204) ? Relevez et expliquez les deux comparaisons.

La chute de la nouvelle

INFO+
- Constituée des dernières lignes du récit, la **chute** a pour fonction de surprendre le lecteur et de provoquer en lui une réaction.
- Dans un récit fantastique, elle repose sur le **principe d'hésitation**. Aucune explication n'est donnée au lecteur sur les événements, si bien que le doute subsiste jusqu'à la fin de l'histoire : le personnage a-t-il rêvé ou bien les phénomènes surnaturels ont-ils eu lieu ?

10 **a.** Dans quel état le narrateur se trouve-t-il à son réveil ?
b. Quelles traces reste-t-il des événements de la nuit ?

11 En quoi le dessin qu'il réalise est-il troublant ?

12 **a.** Pourrait-on donner une explication rationnelle des faits ?
b. Le narrateur, quant à lui, admet-il l'explication surnaturelle ? Justifiez votre réponse.

JE FAIS LE BILAN

13 Complétez le bilan avec les mots suivants :

surnaturelle | illusion | Normandie | hésitation | s'animèrent | Angéla | fantastique | étrange

Le narrateur raconte l'étrange aventure qu'il a vécue. Alors qu'il dormait chez son hôte en .... , il assista à un événement .... : les objets et les personnages représentés sur les tableaux et les tapisseries .... et participèrent à un grand bal.
Il fut frappé par la beauté d'une jeune femme, créature mystérieuse et .... avec laquelle il virevolta jusqu'à ce qu'elle tombe d'épuisement.
Retrouvé inconscient le lendemain matin, il pensa avoir été victime d'une .... mais, alors qu'il dessinait la cafetière, son hôte reconnut le profil de sa sœur .... morte deux ans plus tôt.
La fin de la nouvelle est fondée sur le principe d'.................................. : le lecteur est dans l'incapacité de choisir entre une explication rationnelle et une explication ....

14 Trouvez un autre titre à la nouvelle, qui témoigne de votre propre interprétation de l'œuvre.
Justifiez votre choix.

J'ÉTUDIE LA LANGUE

Vocabulaire : autour du mot « fantastique »

INFO+
Le **mot « fantastique »** vient du grec *phantasia* qui signifie « imagination ».

15 **a.** Quel sens donnez-vous au mot « fantastique » dans chacune des phrases suivantes ?

- Ce film a eu un succès fantastique.
- J'aime les films fantastiques.

b. Expliquez l'expression « mystérieuse et fantastique créature » (l. 228-229) qui caractérise Angéla.

Grammaire : les verbes de mouvement et leur sujet

16 Encadrez les verbes de mouvement et soulignez leur sujet, puis indiquez pour chaque sujet s'il représente un objet inanimé ou un être animé. En quoi le choix des sujets et des verbes participe-t-il au fantastique ?

	INANIMÉ	ANIMÉ
a. Les bougies s'allumèrent toutes seules.	☐	☐
b. Le soufflet se prit à souffler le feu.	☐	☐
c. Les pincettes fourgonnaient dans les tisons.	☐	☐
d. La pelle relevait les cendres.	☐	☐
e. Une cafetière se jeta en bas d'une table où elle était posée.	☐	☐
f. Les fauteuils commencèrent à s'ébranler, et vinrent se ranger autour de la cheminée.	☐	☐

JE M'EXPRIME À L'ORAL

Faire un exposé

17 **a.** Faites des recherches par groupes sur les films mettant en scène des fantômes. Les personnages qui rencontrent un fantôme sont-ils heureux, effrayés ? Tombent-ils amoureux, comme dans *La Cafetière* ?
b. Choisissez un film dans lequel l'un des personnages est un fantôme et présentez-le à la classe. Déterminez s'il s'agit d'un film fantastique, sentimental, comique ou d'horreur.

AIDE
Voici une liste de films mettant en scène des fantômes : *Le Voyage de Chihiro* d'Hayao Miyazaki (2001), dont vous trouverez une image sur le rabat en fin d'ouvrage, *Les Autres* d'Alejandro Amenábar (2001), *Bettlejuice* (1988) et *Sleepy Hollow, la légende du cavalier sans tête* (1999) de Tim Burton.

J'ÉCRIS

Écrire un récit fantastique à partir d'un objet

18 Imaginez qu'un objet de votre quotidien devienne une créature terrifiante : feuille d'arbre ou morceau de bois évoquant un animal, lampadaire se balançant au gré du vent comme un intrus qui se dirigerait vers votre maison... Racontez cette expérience.

AIDE
- Utilisez des adjectifs au préfixe négatif (ex. : *incroyable*, *anormal*).
- Personnifiez votre objet à l'aide d'une comparaison.
- Employez le lexique de la peur et celui du monde diabolique.

Le Portait ovale

Le château dans lequel mon domestique s'était avisé de pénétrer de force, plutôt que de me permettre, déplorablement blessé comme je l'étais, de passer une nuit en plein air, était un de ces bâtiments, mélange de grandeur et de mélancolie, qui ont si longtemps dressé leurs fronts sourcilleux[1] au milieu des Apennins[2], aussi bien dans la réalité que dans l'imagination de mistress Radcliffe[3]. Selon toute apparence, il avait été temporairement et tout récemment abandonné. Nous nous installâmes dans une des chambres les plus petites et les moins somptueusement meublées. Elle était située dans une tour écartée du bâtiment. Sa décoration était riche, mais antique et délabrée. Les murs étaient tendus de tapisseries et décorés de nombreux trophées héraldiques[4] de toute forme, ainsi que d'une quantité vraiment prodigieuse de peintures modernes, pleines de style, dans de riches cadres d'or d'un goût arabesque[5]. Je pris un profond intérêt, – ce fut peut-être mon délire qui commençait qui en fut cause, – je pris un profond intérêt à ces peintures qui étaient suspendues non seulement sur les faces principales des murs, mais aussi dans une foule de recoins que

1. **Sourcilleux :** hautains.
2. **Apennins :** chaîne de montagnes en Italie.
3. **Mistress Radcliffe :** Ann Radcliffe, romancière anglaise, pionnière du roman gothique.
4. **Trophées héraldiques :** décorations aux couleurs et formes d'un blason.
5. **D'un goût arabesque :** aux formes sinueuses.

la bizarre architecture du château rendait inévitables ; si bien que j'ordonnai à Pedro de fermer les lourds volets de la chambre, – puisqu'il faisait déjà nuit, – d'allumer un grand candélabre[6] à plusieurs branches placé près de son chevet, et d'ouvrir tout grands les rideaux de velours noir garnis de crépines[7] qui entouraient le lit. Je désirais que cela fût ainsi, pour que je pusse au moins, si je ne pouvais pas dormir, me consoler alternativement par la contemplation de ces peintures et par la lecture d'un petit volume que j'avais trouvé sur l'oreiller et qui en contenait l'appréciation et l'analyse.

Je lus longtemps, – longtemps ; – je contemplai religieusement, dévotement ; les heures s'envolèrent, rapides et glorieuses, et le profond minuit arriva. La position du candélabre me déplaisait, et, étendant la main avec difficulté pour ne pas déranger mon valet assoupi, je plaçai l'objet de manière à jeter les rayons en plein sur le livre.

Mais l'action produisit un effet absolument inattendu. Les rayons des nombreuses bougies (car il y en avait beaucoup) tombèrent alors sur une niche[8] de la chambre que l'une des colonnes du lit avait jusque-là couverte d'une ombre profonde. J'aperçus dans une vive lumière une peinture qui m'avait d'abord échappé. C'était le portrait d'une jeune fille déjà mûrissante et presque femme. Je jetai sur la peinture un coup d'œil rapide, et je fermai les yeux. Pourquoi, – je ne le compris pas moi-même

6. Candélabre : chandelier.
7. Crépines : franges tissées.
8. Niche : renfoncement creusé dans le mur.

tout d'abord. Mais, pendant que mes paupières restaient closes, j'analysai rapidement la raison qui me les faisait fermer ainsi. C'était un mouvement involontaire pour gagner du temps et pour penser, – pour m'assurer que ma vue ne m'avait pas trompé, – pour calmer et préparer mon esprit à une contemplation plus froide et plus sûre. Au bout de quelques instants, je regardai de nouveau la peinture fixement.

Je ne pouvais pas douter, quand même je l'aurais voulu, que je n'y visse alors très nettement ; car le premier éclair du flambeau sur cette toile avait dissipé la stupeur rêveuse dont mes sens étaient possédés, et m'avait appelé tout d'un coup à la vie réelle.

Le portrait, je l'ai déjà dit, était celui d'une jeune fille. C'était une simple tête, avec des épaules, le tout dans ce style qu'on appelle, en langage technique, style de vignette[9] ; beaucoup de la manière de Sully[10] dans ses têtes de prédilection. Les bras, le sein, et même les bouts des cheveux rayonnants, se fondaient insaisissablement dans l'ombre vague, mais profonde, qui servait de fond à l'ensemble. Le cadre était ovale, magnifiquement doré et guilloché[11] dans le goût moresque[12]. Comme œuvre d'art, on ne pouvait rien trouver de plus admirable que la peinture elle-même. Mais il se peut bien que ce ne fût ni l'exécution de l'œuvre, ni l'immortelle beauté de

9. Vignette : peinture ou dessin de petite dimension.
10. Thomas Sully : peintre américain du XIXe siècle.
11. Guilloché : orné de traits gravés entrecroisés.
12. Goût moresque : avec des ornements en arabesques.

la physionomie[13] qui m'impressionna si soudainement et si fortement. Encore moins devais-je croire que mon imagination, sortant d'un demi-sommeil, eût pris la tête pour celle d'une personne vivante. – Je vis tout d'abord que les détails du dessin, le style de vignette et l'aspect du cadre auraient immédiatement dissipé un pareil charme, et m'auraient préservé de toute illusion même momentanée. Tout en faisant ces réflexions, et très vivement, je restai, à demi étendu, à demi assis, une heure entière peut-être, les yeux rivés à ce portrait. À la longue, ayant découvert le vrai secret de son effet, je me laissai retomber sur le lit. J'avais deviné que le charme de la peinture était une expression vitale absolument adéquate[14] à la vie elle-même, qui d'abord m'avait fait tressaillir, et finalement m'avait confondu[15], subjugué[16], épouvanté. Avec une terreur profonde et respectueuse, je replaçai le candélabre dans sa position première. Ayant ainsi dérobé à ma vue la cause de ma profonde agitation, je cherchai vivement le volume qui contenait l'analyse des tableaux et leur histoire. Allant droit au numéro qui désignait le portrait ovale, j'y lus le vague et singulier récit qui suit :

– « C'était une jeune fille d'une très rare beauté, et qui n'était pas moins aimable que pleine de gaieté. Et maudite fut l'heure où elle vit, et aima, et épousa le peintre. Lui, passionné, studieux, austère, et ayant déjà trouvé une

13. Physionomie : aspect du visage.
14. Adéquate : équivalente.
15. Confondu : troublé.
16. Subjugué : envoûté.

épouse dans son Art[17] ; elle, une jeune fille d'une très rare beauté, et non moins aimable que pleine de gaieté : rien que lumière et sourires, et la folâtrerie[18] d'un jeune faon ; aimant et chérissant toutes choses ; ne haïssant que l'Art qui était son rival ; ne redoutant que la palette et les brosses, et les autres instruments fâcheux qui la privaient de la figure de son adoré. Ce fut une terrible chose pour cette dame que d'entendre le peintre parler du désir de peindre sa jeune épouse. Mais elle était humble et obéissante, et elle s'assit avec douceur pendant de longues semaines dans la sombre et haute chambre de la tour, où la lumière filtrait sur la pâle toile seulement par le plafond. Mais lui, le peintre, mettait sa gloire dans son œuvre, qui avançait d'heure en heure et de jour en jour. – Et c'était un homme passionné, et étrange, et pensif, qui se perdait en rêveries ; si bien qu'il ne voulait pas voir que la lumière qui tombait si lugubrement dans cette tour isolée desséchait la santé et les esprits de sa femme, qui languissait[19] visiblement pour tout le monde, excepté pour lui. Cependant, elle souriait toujours, et toujours sans se plaindre, parce qu'elle voyait que le peintre (qui avait un grand renom) prenait un plaisir vif et brûlant dans sa tâche, et travaillait nuit et jour pour peindre celle qui l'aimait si fort, mais qui devenait de jour en jour plus languissante et plus faible. Et, en vérité, ceux qui contemplaient le portrait parlaient à voix basse de

---

17. Son Art : sa peinture.
18. La folâtrerie : la gaieté.
19. Languissait : se mourait peu à peu.

sa ressemblance, comme d'une puissante merveille et comme d'une preuve non moins grande de la puissance du peintre que de son profond amour pour celle qu'il peignait si miraculeusement bien. – Mais, à la longue, comme la besogne approchait de sa fin, personne ne fut plus admis dans la tour ; car le peintre était devenu fou par l'ardeur de son travail, et il détournait rarement ses yeux de la toile, même pour regarder la figure de sa femme. Et il ne *voulait* pas voir que les couleurs qu'il étalait sur la toile étaient *tirées* des joues de celle qui était assise près de lui. Et, quand bien des semaines furent passées et qu'il ne restait plus que peu de chose à faire, rien qu'une touche sur la bouche et un glacis[20] sur l'œil, l'esprit de la dame palpita encore comme la flamme dans le bec d'une lampe. Et alors la touche fut donnée, et alors le glacis fut placé ; et pendant un moment le peintre se tint en extase devant le travail qu'il avait travaillé ; mais, une minute après, comme il contemplait encore, il trembla, et il fut frappé d'effroi ; et, criant d'une voix éclatante : “En vérité, c'est la Vie elle-même !” il se retourna brusquement pour regarder sa bien-aimée : – elle était morte ! »

Edgar Allan Poe, « Le Portrait ovale »,
dans *Nouvelles Histoires extraordinaires* (1842).
Traduit de l'américain par Charles Baudelaire.

---

20. Glacis : fine couche de peinture transparente qui donne aux couleurs de l'éclat.

QUESTIONS SUR *LE PORTRAIT OVALE*

AI-JE BIEN LU ?

1 Cochez les bonnes réponses.

a. Le narrateur et son domestique pénètrent dans un château…
- ☐ où vivent un peintre et son épouse.
- ☐ qui appartient à mistress Radcliffe.
- ☐ récemment abandonné.

b. Le narrateur est fasciné par…
- ☐ le portrait d'une jeune fille.
- ☐ un grand candélabre à plusieurs branches.
- ☐ un livre expliquant les peintures qui ornent sa chambre.

c. Le peintre auteur du portrait…
- ☐ est devenu fou à cause de son art.
- ☐ a peint sa jeune sœur malade.
- ☐ peint sa jeune épouse qui finit par mourir.

J'ANALYSE LE TEXTE

La mise en place d'une atmosphère fantastique

INFO+
Le **château lugubre et délabré** est un motif hérité du roman gothique anglais. Il met en place une atmosphère inquiétante.

2 Le narrateur est-il un personnage de l'histoire ? Relevez le pronom personnel utilisé.

3 **a.** À quel moment de la journée arrive-t-il au château ?
b. Dans quel état physique ?

4 Relevez l'indication géographique. Donne-t-elle, selon vous, de la crédibilité à l'histoire ?

5 Comment caractériseriez-vous le château et sa décoration ? Relevez des termes précis (l. 1-32).

Château	....
Tour	....
Décoration	....
Architecture	....
Rideaux	....

Les manifestations du fantastique

— Le portrait

INFO+
Comme en peinture, les jeux de contrastes lumineux, appelés **clairs-obscurs**, favorisent l'irruption de phénomènes étranges dans le texte.

6 **a.** Relevez les notations de lumière aux lignes 33 à 44.
Quel est le rôle de l'éclairage dans la découverte du tableau ?
b. Que représente ce tableau ?

INFO+
La **gradation** est une figure de style qui consiste à énumérer des termes dans un ordre de valeur croissant (de plus en plus fort) ou décroissant (de moins en moins fort).

7 Pourquoi ce tableau fascine-t-il le narrateur ?
Relevez la gradation qui exprime ses sentiments (l. 84-87).

8 Le lecteur est-il en mesure de dire si le narrateur est bien réveillé ou s'il sombre dans un demi-sommeil ?
Appuyez-vous sur le texte (l. 44-60 et l. 71-84).

L'histoire du portrait

INFO+
Lorsqu'un second récit est inséré dans un premier récit, on parle de **récit enchâssé ou emboîté**.

9 Délimitez le récit enchâssé. Que lit le personnage ? Pendant combien de temps ?

10 **a.** Comment l'amour de la jeune femme pour le peintre se manifeste-t-il (l. 94-144) ?
b. Pourquoi, selon vous, le peintre ne se rend-il pas compte de la faiblesse de son épouse ? Appuyez-vous sur l'expression « ayant déjà trouvé une épouse dans son Art » (l. 97-98).

11 **a.** Quel est le phénomène fantastique raconté dans ce second récit ?
b. Pourquoi, selon vous, aux lignes 132 et 133, les mots « voulait » et « tirées » sont-ils en italique ?

Le principe d'hésitation

12 **a.** Relevez les deux adjectifs par lesquels le narrateur qualifie le récit (l. 93). Le lecteur peut-il savoir si ce texte a vraiment existé ?
b. En quoi l'histoire du tableau est-elle liée au trouble ressenti par le narrateur ?

13 Selon vous, quelle est la cause de la mort de la jeune fille ? Faites des hypothèses en relevant des indices dans le texte.

La portée de la nouvelle

INFO+
Les récits fantastiques proposent parfois une **leçon philosophique** : sur la puissance de l'art, par exemple.

14 La jeune fille du portrait a perdu la vie pour que son image soit éternellement vivante. Selon vous, l'art permet-il d'accéder à l'immortalité ? Pensez par exemple à la Joconde.

JE FAIS LE BILAN

15 Expliquez en quoi consiste « le vrai secret » (l. 83) du portrait ovale en utilisant les mots suivants :

amour | mort | résurrection | art | puissance

JE M'EXPRIME À L'ORAL

Partager ses impressions

16 Avez-vous déjà ressenti un sentiment de malaise, de fascination ou de peur devant une œuvre d'art (livre, film, peinture ou sculpture) ? Si oui, partagez votre expérience avec vos camarades en présentant rapidement l'œuvre avant d'expliquer les raisons de votre réaction émotionnelle.

J'ÉCRIS

Écrire deux suites

17 Le narrateur du *Portrait ovale* ne donne aucune information sur ce qui s'est passé après la lecture de l'histoire du portrait, ce qui entretient l'ambiguïté propre au fantastique.
Rédigez deux courtes suites dans lesquelles le narrateur reprend la parole : l'une situera la nouvelle dans le domaine du rationnel, l'autre dans le domaine du surnaturel.

AIDE
- Le narrateur s'est-il endormi, le portrait ovale n'ayant existé que dans son imagination ?
- La jeune femme peinte vivante se serait-elle réellement manifestée ? Le tableau serait-il le lieu de concentration de forces mystérieuses ?
- Vous pouvez faire intervenir le domestique Pedro.

LE TEXTE ET L'IMAGE

J.-A.-D. Ingres, *Le peintre Raphaël et la Fornarina*, 1811-1812.
Huile sur toile, 66 × 54 cm. Cambridge, Fogg Art Museum Harvard University.

18 Décrivez la scène représentée sur le tableau.

19 **a.** Que regarde chacun des deux personnages ?

b. À quels personnages du *Portrait ovale* vous font-ils penser ? Pourquoi ?

NOUVELLE 3 GUY DE MAUPASSANT

Qui sait ?

I

Mon Dieu ! Mon Dieu ! Je vais donc écrire enfin ce qui m'est arrivé ! Mais le pourrai-je ? l'oserai-je ? cela est si bizarre, si inexplicable, si incompréhensible, si fou !

Si je n'étais sûr de ce que j'ai vu, sûr qu'il n'y a eu dans mes raisonnements aucune défaillance, aucune erreur dans mes constatations, pas de lacune[1] dans la suite inflexible de mes observations, je me croirais un simple halluciné, le jouet d'une étrange vision. Après tout, qui sait ?

Je suis aujourd'hui dans une maison de santé[2] ; mais j'y suis entré volontairement, par prudence, par peur !

Un seul être connaît mon histoire. Le médecin d'ici.

Je vais l'écrire. Je ne sais trop pourquoi. Pour m'en débarrasser, car je la sens en moi comme un intolérable cauchemar.

La voici :

J'ai toujours été un solitaire, un rêveur, une sorte de philosophe isolé, bienveillant, content de peu, sans aigreur contre les hommes et sans rancune contre le ciel. J'ai vécu seul, sans cesse, par suite d'une sorte de gêne qu'insinue en moi la présence des autres. Comment expliquer cela ? Je ne

---

1. Lacune : élément manquant.
2. Maison de santé : maison de repos.

le pourrais. Je ne refuse pas de voir le monde, de causer, de dîner avec des amis, mais lorsque je les sens depuis longtemps près de moi, même les plus familiers, ils me lassent, me fatiguent, m'énervent, et j'éprouve une envie grandissante, harcelante, de les voir partir ou de m'en aller, d'être seul. Cette envie est plus qu'un besoin, c'est une nécessité irrésistible. Et si la présence des gens avec qui je me trouve continuait, si je devais, non pas écouter, mais entendre longtemps encore leurs conversations, il m'arriverait, sans aucun doute, un accident.

Lequel ? Ah ! qui sait ? Peut-être une simple syncope[3] ? oui ! probablement !

J'aime tant être seul que je ne puis même supporter le voisinage d'autres êtres dormant sous mon toit ; je ne puis habiter Paris parce que j'y agonise indéfiniment. Je meurs moralement, et suis aussi supplicié dans mon corps et dans mes nerfs par cette immense foule qui grouille, qui vit autour de moi, même quand elle dort. Ah ! le sommeil des autres m'est plus pénible encore que leur parole. Et je ne peux jamais me reposer, quand je sais, quand je sens, derrière un mur, des existences interrompues par ces régulières éclipses de la raison[4].

Pourquoi suis-je ainsi ? Qui sait ? La cause en est peut-être fort simple : je me fatigue très vite de tout ce qui ne se passe pas en moi. Et il y a beaucoup de gens dans mon cas.

Nous sommes deux races sur la terre. Ceux qui ont besoin des autres, que les autres distraient, occupent,

---

3. Syncope : arrêt cardiaque.
4. Éclipses de la raison : pertes de conscience.

reposent, et que la solitude harasse, épuise, anéantit, comme l'ascension d'un terrible glacier ou la traversée du désert, et ceux que les autres, au contraire, lassent, ennuient, gênent, courbaturent, tandis que l'isolement les calme, les baigne de repos dans l'indépendance et la fantaisie de leur pensée.

En somme, il y a là un normal phénomène psychique. Les uns sont doués pour vivre en dehors, les autres pour vivre en dedans. Moi, j'ai l'attention extérieure courte et vite épuisée, et, dès qu'elle arrive à ses limites, j'en éprouve, dans tout mon corps et dans toute mon intelligence, un intolérable malaise.

Il en est résulté que je m'attache, que je m'étais attaché beaucoup aux objets inanimés qui prennent, pour moi, une importance d'êtres, et que ma maison est devenue, était devenue, un monde où je vivais d'une vie solitaire et active, au milieu de choses, de meubles, de bibelots familiers, sympathiques à mes yeux comme des visages. Je l'en avais emplie peu à peu, je l'en avais parée, et je me sentais dedans, content, satisfait, bienheureux comme entre les bras d'une femme aimable dont la caresse accoutumée est devenue un calme et doux besoin.

J'avais fait construire cette maison dans un beau jardin qui l'isolait des routes, et à la porte d'une ville où je pouvais trouver, à l'occasion, les ressources de société dont je sentais, par moments, le désir. Tous mes domestiques couchaient dans un bâtiment éloigné, au fond du potager[5], qu'entourait un grand mur.

---

5. Potager : jardin où sont cultivés des légumes.

L'enveloppement obscur des nuits, dans le silence de ma demeure perdue, cachée, noyée sous les feuilles des grands arbres, m'était si reposant et si bon, que j'hésitais chaque soir, pendant plusieurs heures, à me mettre au lit pour le savourer plus longtemps.

Ce jour-là, on avait joué Sigurd au théâtre de la ville. C'était la première fois que j'entendais ce beau drame musical et féerique, et j'y avais pris un vif plaisir.

Je revenais à pied, d'un pas allègre[6], la tête pleine de phrases sonores, et le regard hanté par de jolies visions. Il faisait noir, noir, mais noir au point que je distinguais à peine la grande route, et que je faillis, plusieurs fois, culbuter[7] dans le fossé. De l'octroi[8] chez moi, il y a un kilomètre environ, peut-être un peu plus, soit vingt minutes de marche lente. Il était une heure du matin, une heure ou une heure et demie ; le ciel s'éclaircit un peu devant moi et le croissant parut, le triste croissant du dernier quartier de la lune. Le croissant du premier quartier, celui qui se lève à quatre ou cinq heures du soir, est clair, gai, frotté d'argent, mais celui qui se lève après minuit est rougeâtre, morne, inquiétant ; c'est le vrai croissant du Sabbat[9]. Tous les noctambules ont dû faire cette remarque. Le premier, fût-il mince comme un fil, jette une petite lumière joyeuse qui réjouit le cœur, et

6. Allègre : joyeux.
7. Culbuter : tomber.
8. Octroi : bureau de douane local chargé de percevoir les taxes sur certaines marchandises.
9. Croissant du Sabbat : nouvelle lune dans le calendrier lunaire hébreu ; mince croissant de lune qui éclaire très peu. Expression à double sens, faisant également référence aux cérémonies nocturnes des sorcières.

dessine sur la terre des ombres nettes ; le dernier répand à peine une lueur mourante, si terne qu'elle ne fait presque pas d'ombres.

J'aperçus au loin la masse sombre de mon jardin, et je ne sais d'où me vint une sorte de malaise à l'idée d'entrer là-dedans. Je ralentis le pas. Il faisait très doux. Le gros tas d'arbres avait l'air d'un tombeau où ma maison était ensevelie.

J'ouvris ma barrière et je pénétrai dans la longue allée de sycomores[10], qui s'en allait vers le logis, arquée en voûte comme un haut tunnel, traversant des massifs opaques et contournant des gazons où les corbeilles de fleurs plaquaient, sous les ténèbres pâlies, des taches ovales aux nuances indistinctes.

En approchant de la maison, un trouble bizarre me saisit. Je m'arrêtai. On n'entendait rien. Il n'y avait pas dans les feuilles un souffle d'air.

« Qu'est-ce que j'ai donc ? » pensai-je. Depuis dix ans je rentrais ainsi sans que jamais la moindre inquiétude m'eût effleuré.

Je n'avais pas peur. Je n'ai jamais eu peur, la nuit. La vue d'un homme, d'un maraudeur[11], d'un voleur m'aurait jeté une rage dans le corps, et j'aurais sauté dessus sans hésiter. J'étais armé, d'ailleurs. J'avais mon revolver. Mais je n'y touchai point, car je voulais résister à cette influence de crainte qui germait en moi.

10. Sycomores : arbres désignant une espèce de figuier puis d'érable.
11. Maraudeur : voleur.

Qu'était-ce ? Un pressentiment ? Le pressentiment mystérieux qui s'empare des sens des hommes quand ils vont voir de l'inexplicable ? Peut-être ? Qui sait ?

À mesure que j'avançais, j'avais dans la peau des tressaillements, et quand je fus devant le mur, aux auvents[12] clos, de ma vaste demeure, je sentis qu'il me faudrait attendre quelques minutes avant d'ouvrir la porte et d'entrer dedans. Alors, je m'assis sur un banc, sous les fenêtres de mon salon. Je restai là, un peu vibrant, la tête appuyée contre la muraille, les yeux ouverts sur l'ombre des feuillages. Pendant ces premiers instants, je ne remarquai rien d'insolite autour de moi. J'avais dans les oreilles quelques ronflements ; mais cela m'arrive souvent. Il me semble parfois que j'entends passer des trains, que j'entends sonner des cloches, que j'entends marcher une foule.

Puis bientôt ces ronflements devinrent plus distincts, plus précis, plus reconnaissables. Je m'étais trompé. Ce n'était pas le bourdonnement ordinaire de mes artères qui mettait dans mes oreilles ces rumeurs, mais un bruit très particulier, très confus cependant, qui venait, à n'en point douter, de l'intérieur de ma maison.

Je le distinguais à travers le mur, ce bruit continu, plutôt une agitation qu'un bruit, un remuement vague d'un tas de choses, comme si on eût secoué, déplacé, traîné doucement tous mes meubles.

Oh ! je doutai, pendant un temps assez long encore, de la sûreté de mon oreille. Mais l'ayant collée contre un auvent

---

12. Auvents : volets.

pour mieux percevoir ce trouble étrange de mon logis, je demeurai convaincu, certain, qu'il se passait chez moi quelque chose d'anormal et d'incompréhensible. Je n'avais pas peur, mais j'étais... comment exprimer cela... effaré d'étonnement. Je n'armai pas mon revolver – devinant fort bien que je n'en avais nul besoin. J'attendis.

J'attendis longtemps, ne pouvant me décider à rien, l'esprit lucide, mais follement anxieux. J'attendis, debout, écoutant toujours le bruit qui grandissait, qui prenait, par moments, une intensité violente, qui semblait devenir un grondement d'impatience, de colère, d'émeute mystérieuse.

Puis soudain, honteux de ma lâcheté, je saisis mon trousseau de clefs, je choisis celle qu'il me fallait, je l'enfonçai dans la serrure, je la fis tourner deux fois, et poussant la porte de toute ma force, j'envoyai le battant heurter la cloison.

Le coup sonna comme une détonation de fusil, et voilà qu'à ce bruit d'explosion répondit, du haut en bas de ma demeure, un formidable tumulte. Ce fut si subit, si terrible, si assourdissant que je reculai de quelques pas, et que, bien que le sentant toujours inutile, je tirai de sa gaine mon revolver.

J'attendis encore, oh ! peu de temps. Je distinguais à présent, un extraordinaire piétinement sur les marches de mon escalier, sur les parquets, sur les tapis, un piétinement, non pas de chaussures, de souliers humains, mais de béquilles, de béquilles de bois et de béquilles de fer qui vibraient comme des cymbales. Et voilà que j'aperçus tout à coup, sur le seuil de ma porte, un fauteuil, mon grand fauteuil de lecture, qui sortait en se dandinant. Il s'en alla par le jardin. D'autres le suivaient, ceux de mon salon, puis les canapés bas et se traînant comme des crocodiles sur leurs courtes pattes, puis toutes mes chaises, avec des bonds de chèvres, et les petits tabourets qui trottaient comme des lapins.

Oh ! quelle émotion ! Je me glissai dans un massif où je demeurai accroupi, contemplant toujours ce défilé de mes meubles, car ils s'en allaient tous, l'un derrière l'autre, vite ou lentement, selon leur taille et leur poids. Mon piano, mon grand piano à queue, passa avec un galop de cheval emporté et un murmure de musique dans le flanc, les moindres objets glissaient sur le sable comme des fourmis, les brosses, les cristaux, les coupes, où le clair de lune accrochait des phosphorescences de vers luisants. Les étoffes rampaient, s'étalaient en flaques à la façon des pieuvres de la mer. Je vis paraître mon bureau, un rare bibelot du dernier siècle, et qui contenait toutes les lettres que j'ai reçues, toute l'histoire de mon cœur, une vieille histoire dont j'ai tant souffert ! Et dedans étaient aussi des photographies.

Soudain, je n'eus plus peur, je m'élançai sur lui et je le saisis comme on saisit un voleur, comme on saisit une femme qui fuit ; mais il allait d'une course irrésistible, et malgré mes efforts, et malgré ma colère, je ne pus même ralentir sa marche. Comme je résistais en désespéré à cette force épouvantable, je m'abattis par terre en luttant contre lui. Alors, il me roula, me traîna sur le sable, et déjà les meubles, qui le suivaient, commençaient à marcher sur moi, piétinant mes jambes et les meurtrissant ; puis, quand je l'eus lâché, les autres passèrent sur mon corps ainsi qu'une charge de cavalerie sur un soldat démonté.

Fou d'épouvante enfin, je pus me traîner hors de la grande allée et me cacher de nouveau dans les arbres, pour regarder disparaître les plus infimes[13] objets, les plus petits, les plus modestes, les plus ignorés de moi, qui m'avaient appartenu.

Puis j'entendis, au loin, dans mon logis sonore à présent comme les maisons vides, un formidable bruit de portes refermées. Elles claquèrent du haut en bas de la demeure, jusqu'à ce que celle du vestibule que j'avais ouverte moi-même, insensé, pour ce départ, se fût close, enfin, la dernière.

Je m'enfuis aussi, courant vers la ville, et je ne repris mon sang-froid que dans les rues, en rencontrant des gens attardés. J'allai sonner à la porte d'un hôtel où j'étais connu. J'avais battu, avec mes mains, mes vêtements, pour en détacher la poussière, et je racontai que j'avais perdu mon trousseau de clefs, qui contenait aussi celle du potager, où couchaient mes domestiques en une maison isolée, derrière le mur de clôture qui préservait mes fruits et mes légumes de la visite des maraudeurs.

Je m'enfonçai jusqu'aux yeux dans le lit qu'on me donna. Mais je ne pus dormir, et j'attendis le jour en écoutant bondir mon cœur. J'avais ordonné qu'on prévînt mes gens

13. **Infimes :** petits.

dès l'aurore, et mon valet de chambre heurta ma porte à sept heures du matin.

Son visage semblait bouleversé.

« Il est arrivé cette nuit un grand malheur, Monsieur, dit-il.

– Quoi donc ?

– On a volé tout le mobilier de Monsieur, tout, tout, jusqu'aux plus petits objets. » Cette nouvelle me fit plaisir. Pourquoi ? qui sait ?

J'étais fort maître de moi, sûr de dissimuler, de ne rien dire à personne de ce que j'avais vu, de le cacher, de l'enterrer dans ma conscience comme un effroyable secret. Je répondis :

« Alors, ce sont les mêmes personnes qui m'ont volé mes clefs. Il faut prévenir tout de suite la police. Je me lève et je vous y rejoindrai dans quelques instants. » L'enquête dura cinq mois. On ne découvrit rien, on ne trouva ni le plus petit de mes bibelots, ni la plus légère trace des voleurs. Parbleu ! Si j'avais dit ce que je savais… Si je l'avais dit… on m'aurait enfermé, moi, pas les voleurs, mais l'homme qui avait pu voir une pareille chose.

Oh ! je sus me taire. Mais je ne remeublai pas ma maison. C'était bien inutile. Cela aurait recommencé toujours. Je n'y voulais plus rentrer. Je n'y rentrai pas.

Je ne la revis point.

Je vins à Paris, à l'hôtel, et je consultai des médecins sur mon état nerveux qui m'inquiétait beaucoup depuis cette nuit déplorable.

Ils m'engagèrent à voyager. Je suivis leur conseil.

II

Je commençai par une excursion en Italie. Le soleil me fit du bien. Pendant six mois, j'errai de Gênes à Venise, de Venise à Florence, de Florence à Rome, de Rome à Naples. Puis je parcourus la Sicile, terre admirable par sa nature et ses monuments, reliques[14] laissées par les Grecs et les Normands. Je passai en Afrique, je traversai pacifiquement ce grand désert jaune et calme, où errent des chameaux, des gazelles et des Arabes vagabonds, où, dans l'air léger et transparent, ne flotte aucune hantise[15], pas plus la nuit que le jour. Je rentrai en France par Marseille, et malgré la gaîté provençale, la lumière diminuée du ciel m'attrista. Je ressentis, en revenant sur le continent, l'étrange impression d'un malade qui se croit guéri et qu'une douleur sourde prévient que le foyer du mal n'est pas éteint.

Puis je revins à Paris. Au bout d'un mois, je m'y ennuyai. C'était à l'automne, et je voulus faire, avant l'hiver, une excursion à travers la Normandie, que je ne connaissais pas.

Je commençai par Rouen, bien entendu, et pendant huit jours j'errai, distrait, ravi, enthousiasmé dans cette ville du Moyen Âge, dans ce surprenant musée d'extraordinaires monuments gothiques.

Or, un soir, vers quatre heures, comme je m'engageais dans une rue invraisemblable où coule une rivière noire

14. Reliques : restes du passé.
15. Hantise : inquiétude.

comme de l'encre nommée « Eau de Robec », mon attention, toute fixée sur la physionomie[16] bizarre et antique des maisons, fut détournée tout à coup par la vue d'une série de boutiques de brocanteurs qui se suivaient de porte en porte.

Ah ! ils avaient bien choisi leur endroit, ces sordides trafiquants de vieilleries, dans cette fantastique ruelle, au-dessus de ce cours d'eau sinistre, sous ces toits pointus de tuiles et d'ardoises où grinçaient encore les girouettes du passé !

Au fond des noirs magasins, on voyait s'entasser les bahuts sculptés, les faïences de Rouen, de Nevers, de Moustiers, des statues peintes, d'autres en chêne, des Christ, des vierges, des saints, des ornements d'église, des chasubles, des chapes[17], même des vases sacrés et un vieux tabernacle en bois doré d'où Dieu avait déménagé. Oh ! les singulières cavernes en ces hautes maisons, en ces grandes maisons, pleines, des caves aux greniers, d'objets de toute nature, dont l'existence semblait finie, qui survivaient à leurs naturels possesseurs, à leur siècle, à leur temps, à leurs modes, pour être achetés, comme curiosités, par les nouvelles générations.

Ma tendresse pour les bibelots se réveillait dans cette cité d'antiquaires. J'allais de boutique en boutique, traversant, en deux enjambées, les ponts de quatre planches pourries jetées sur le courant nauséabond de l'Eau de

---

16. Physionomie : aspect général.
17. Chasubles, chapes : vêtements portés par les prêtres lors des cérémonies.

Robec. Miséricorde ! Quelle secousse ! Une de mes plus belles armoires m'apparut au bord d'une voûte encombrée d'objets et qui semblait l'entrée des catacombes[18] d'un cimetière de meubles anciens. Je m'approchai tremblant de tous mes membres, tremblant tellement que je n'osais pas la toucher. J'avançais la main, j'hésitais. C'était bien elle, pourtant : une armoire Louis XIII unique, reconnaissable par quiconque avait pu la voir une seule fois. Jetant soudain les yeux un peu plus loin, vers les profondeurs plus sombres de cette galerie, j'aperçus trois de mes fauteuils couverts de tapisserie au petit point, puis, plus loin encore, mes deux tables Henri II, si rares qu'on venait les voir de Paris.

Songez ! songez à l'état de mon âme !

Et j'avançai, perclus[19], agonisant d'émotion, mais j'avançai, car je suis brave, j'avançai comme un chevalier des époques ténébreuses pénétrait en un séjour de sortilèges. Je retrouvais, de pas en pas, tout ce qui m'avait appartenu, mes lustres, mes livres, mes tableaux, mes étoffes, mes armes, tout, sauf le bureau plein de mes lettres, et que je n'aperçus point.

J'allais, descendant à des galeries obscures pour remonter ensuite aux étages supérieurs. J'étais seul.

J'appelais, on ne répondait point. J'étais seul ; il n'y avait personne en cette maison vaste et tortueuse comme un labyrinthe.

18. Catacombes : cimetières souterrains.
19. Perclus : paralysé par l'émotion.

La nuit vint, et je dus m'asseoir, dans les ténèbres, sur une de mes chaises, car je ne voulais point m'en aller. De temps en temps je criais : « Holà ! holà ! quelqu'un ! » J'étais là, certes, depuis plus d'une heure quand j'entendis des pas, des pas légers, lents, je ne sais où.

Je faillis me sauver ; mais me raidissant, j'appelai de nouveau, et j'aperçus une lueur dans la chambre voisine.

« Qui est là ? » dit une voix. Je répondis :

« Un acheteur. » On répliqua :

« Il est bien tard pour entrer ainsi dans les boutiques. » Je repris :

« Je vous attends depuis plus d'une heure.

– Vous pouviez revenir demain.

– Demain, j'aurai quitté Rouen. » Je n'osais point avancer, et il ne venait pas. Je voyais toujours la lueur de sa lumière éclairant une tapisserie où deux anges volaient au-dessus des morts d'un champ de bataille. Elle m'appartenait aussi. Je dis :

« Eh bien ! Venez-vous ? » Il répondit :

« Je vous attends. » Je me levai et j'allai vers lui.

Au milieu d'une grande pièce était un tout petit homme, tout petit et très gros, gros comme un phénomène, un hideux phénomène.

Il avait une barbe rare, aux poils inégaux, clairsemés et jaunâtres, et pas un cheveu sur la tête ! Pas un cheveu ? Comme il tenait sa bougie élevée à bout de bras pour m'apercevoir, son crâne m'apparut comme une petite lune dans cette vaste chambre encombrée de vieux meubles. La figure était ridée et bouffie, les yeux imperceptibles.

Je marchandai trois chaises qui étaient à moi, et les payai sur-le-champ une grosse somme, en donnant simplement le numéro de mon appartement à l'hôtel.

Elles devaient être livrées le lendemain avant neuf heures.

Puis je sortis. Il me reconduisit jusqu'à sa porte avec beaucoup de politesse.

Je me rendis ensuite chez le commissaire central de la police à qui je racontai le vol de mon mobilier et la découverte que je venais de faire.

Il demanda séance tenante[20] des renseignements par télégraphe au parquet qui avait instruit l'affaire de ce vol, en me priant d'attendre la réponse. Une heure plus tard, elle lui parvint, tout à fait satisfaisante pour moi.

« Je vais faire arrêter cet homme et l'interroger tout de suite, me dit-il, car il pourrait avoir conçu quelque soupçon et faire disparaître ce qui vous appartient. Voulez-vous aller dîner et revenir dans deux heures, je l'aurai ici et je lui ferai subir un nouvel interrogatoire devant vous.

– Très volontiers, Monsieur. Je vous remercie de tout mon cœur. » J'allai dîner à mon hôtel, et je mangeai mieux que je n'aurais cru. J'étais assez content tout de même. On le tenait.

Deux heures plus tard, je retournai chez le fonctionnaire de la police qui m'attendait.

« Eh bien ! Monsieur, me dit-il en m'apercevant. On n'a pas trouvé votre homme. Mes agents n'ont pu mettre la main dessus.

---

20. Séance tenante : immédiatement.

– Ah ! » Je me sentis défaillir.

« Mais... Vous avez bien trouvé sa maison ? demandai-je.

– Parfaitement. Elle va même être surveillée et gardée jusqu'à son retour. Quant à lui, disparu.

– Disparu ?

– Disparu. Il passe ordinairement ses soirées chez sa voisine, une brocanteuse aussi, une drôle de sorcière, la veuve Bidoin. Elle ne l'a pas vu ce soir et ne peut donner sur lui aucun renseignement. Il faut attendre demain. » Je m'en allai. Ah ! que les rues de Rouen me semblèrent sinistres, troublantes, hantées.

Je dormis si mal, avec des cauchemars à chaque bout de sommeil.

Comme je ne voulais pas paraître trop inquiet ou pressé, j'attendis dix heures, le lendemain, pour me rendre à la police.

Le marchand n'avait pas reparu. Son magasin demeurait fermé.

Le commissaire me dit :

« J'ai fait toutes les démarches nécessaires. Le parquet[21] est au courant de la chose ; nous allons aller ensemble à cette boutique et la faire ouvrir, vous m'indiquerez tout ce qui est à vous. » Un coupé[22] nous emporta. Des agents stationnaient, avec un serrurier, devant la porte de la boutique, qui fut ouverte.

Je n'aperçus, en entrant, ni mon armoire, ni mes fauteuils, ni mes tables, ni rien, rien, de ce qui avait

21. Le parquet : ensemble des magistrats de la justice.
22. Coupé : voiture fermée tirée par des chevaux.

meublé ma maison, mais rien, alors que la veille au soir je ne pouvais faire un pas sans rencontrer un de mes objets.

Le commissaire central, surpris, me regarda d'abord avec méfiance.

« Mon Dieu, Monsieur, lui dis-je, la disparition de ces meubles coïncide étrangement avec celle du marchand. » Il sourit :

« C'est vrai ! Vous avez eu tort d'acheter et de payer des bibelots à vous, hier. Cela lui a donné l'éveil. » Je repris :

« Ce qui me paraît incompréhensible, c'est que toutes les places occupées par mes meubles sont maintenant remplies par d'autres.

– Oh ! répondit le commissaire, il a eu toute la nuit, et des complices sans doute. Cette maison doit communiquer avec les voisines. Ne craignez rien, Monsieur, je vais m'occuper très activement de cette affaire. Le brigand ne nous échappera pas longtemps puisque nous gardons la tanière. »

Ah ! mon cœur, mon cœur, mon pauvre cœur, comme il battait !

Je demeurai quinze jours à Rouen. L'homme ne revint pas. Parbleu ! parbleu ! Cet homme-là, qui est-ce qui aurait pu l'embarrasser ou le surprendre ?

Or, le seizième jour, au matin, je reçus de mon jardinier, gardien de ma maison pillée et demeurée vide, l'étrange lettre que voici :

« Monsieur,

J'ai l'honneur d'informer Monsieur qu'il s'est passé, la

nuit dernière, quelque chose que personne ne comprend, et la police pas plus que nous. Tous les meubles sont revenus, tous sans exception, tous, jusqu'aux plus petits objets. La maison est maintenant toute pareille à ce qu'elle était la veille du vol.

C'est à en perdre la tête. Cela s'est fait dans la nuit de vendredi à samedi. Les chemins sont défoncés comme si on avait traîné tout de la barrière à la porte.

Il en était ainsi le jour de la disparition.

Nous attendons Monsieur, dont je suis le très humble serviteur.

RAUDIN, Philippe. »

Ah ! mais non, ah ! mais non, ah ! mais non. Je n'y retournerai pas !

Je portai la lettre au commissaire de Rouen.

« C'est une restitution très adroite, dit-il. Faisons les morts. Nous pincerons[23] l'homme un de ces jours. »

Mais on ne l'a pas pincé. Non. Ils ne l'ont pas pincé, et j'ai peur de lui, maintenant, comme si c'était une bête féroce lâchée derrière moi.

Introuvable ! il est introuvable, ce monstre à crâne de lune ! on ne le prendra jamais. Il ne reviendra point chez lui. Que lui importe à lui. Il n'y a que moi qui peux le rencontrer, et je ne veux pas.

Je ne veux pas ! je ne veux pas ! je ne veux pas !

23. Nous pincerons : nous arrêterons.

Et s'il revient, s'il rentre dans sa boutique, qui pourra prouver que mes meubles étaient chez lui ? Il n'y a contre lui que mon témoignage ; et je sens bien qu'il devient suspect.

Ah ! mais non ! cette existence n'était plus possible.

Et je ne pouvais pas garder le secret de ce que j'ai vu.

Je ne pouvais pas continuer à vivre comme tout le monde avec la crainte que des choses pareilles recommençassent. Je suis venu trouver le médecin qui dirige cette maison de santé, et je lui ai tout raconté.

Après m'avoir interrogé longtemps, il m'a dit :

« Consentiriez-vous, Monsieur, à rester quelque temps ici ?

– Très volontiers, Monsieur.

– Vous avez de la fortune ?

– Oui, Monsieur.

– Voulez-vous un pavillon isolé ?

– Oui, Monsieur.

– Voudrez-vous recevoir des amis ?

– Non, Monsieur, non, personne. L'homme de Rouen pourrait oser, par vengeance, me poursuivre ici. »

Et je suis seul, tout seul, depuis trois mois. Je suis tranquille à peu près. Je n'ai qu'une peur... Si l'antiquaire devenait fou... et si on l'amenait en cet asile...

Les prisons elles-mêmes ne sont pas sûres.

Guy de Maupassant, « Qui sait ? » (1890).

QUESTIONS SUR *QUI SAIT ?*

AI-JE BIEN LU ?

1 Numérotez ces actions dans l'ordre chronologique.

- [.......] Le narrateur voit ses meubles sortir de sa maison.
- [.......] Les meubles réapparaissent dans la maison du narrateur.
- [.......] Les meubles sont retrouvés chez un brocanteur.
- [.......] Le narrateur va se reposer dans une maison de santé.
- [.......] Le narrateur rentre chez lui après une soirée au théâtre.
- [.......] Le narrateur part en voyage en Italie.
- [.......] Le commissaire fait une enquête pour retrouver les meubles vus chez le brocanteur.

J'ANALYSE LE TEXTE

Le personnage du narrateur

— La conduite du récit

2 Complétez les phrases :

a. Le narrateur mène le récit à la .... personne.
C'est donc un .... de l'histoire : il a vécu les événements qu'il raconte.

b. Lorsqu'il écrit l'histoire, il se trouve dans une ....
Il est dans ce lieu parce qu'il a peur d'être poursuivi par le ....

> INFO+
> Un **récit rétrospectif** est un récit dans lequel un narrateur raconte après coup des événements passés. Le temps verbal qui permet de le repérer est le plus-que-parfait.

3 **a.** Combien de temps s'est-il écoulé après les faits, au moment où le narrateur commence son récit ?
b. Délimitez les lignes qui constituent le récit rétrospectif. Appuyez-vous sur le temps verbal qui le signale.

— La personnalité du narrateur

4 **a.** Comment le narrateur se définit-il dans son rapport aux autres ? Citez un champ lexical.
b. Comment se définit-il dans son rapport aux objets ? Citez le texte.

5 Le narrateur souffre-t-il de troubles particuliers (l. 138-147) ?

Le fantastique

— La mise en place du fantastique

> INFO+
> L'**irruption du fantastique** est souvent préparée par un certain nombre d'éléments qui créent une atmosphère inquiétante.

6 **a.** Où la maison du narrateur est-elle située ?
b. Le cadre est-il réaliste ?

7 À quel moment de la journée rentre-t-il chez lui ? Relevez les notations d'éclairage.

> INFO+
> **Sigurd** est le héros d'un opéra, dont la raison est troublée par un enchantement magique. Il va libérer la belle Brunehilde en se battant contre des êtres surnaturels qui la retiennent prisonnière. À son tour, Brunehilde le libère du sortilège qui trouble son esprit.

8 Le narrateur a-t-il apprécié le drame *Sigurd* ? Quel effet le spectacle a-t-il sur lui ? Citez le texte.

— Les événements fantastiques

9 De retour du théâtre, à quel phénomène étrange le narrateur est-il confronté ? Relevez le champ lexical du bruit (l. 142-189).

10 Montrez qu'aux yeux du narrateur les objets sont transformés. Retrouvez à quoi ils sont comparés en reliant les bonnes réponses.

fauteuils et canapés •	• cheval
chaises •	• lapin
petits tabourets •	• vers luisants
piano •	• crocodiles
petits objets •	• voleur
brosses, cristaux, coupes •	• pieuvres
étoffes •	• chèvres
bureau •	• fourmis

11 **a.** Le narrateur se rend par la suite à Rouen.
Relevez des éléments qui rendent le lieu inquiétant (l. 291-302).
b. Quel personnage le narrateur rencontre-t-il ?
En quoi est-il étrange ?
c. Comment, avec l'apparition de ce personnage, l'action fantastique est-elle relancée ?

12 En fin de nouvelle, comment les meubles réapparaissent-ils ?

Les réactions du narrateur

13 Comment le narrateur réagit-il lorsqu'il voit son mobilier sortir de la maison ?
Relevez le lexique de la violence (l. 205-215).

14 Comment, dans la nouvelle, le narrateur exprime-t-il le trouble qui l'envahit ?
Choisissez quelques exemples dans le texte.

Types de phrases	....
Lexique de la peur	....
Termes répétés	....

15 **a.** Quel est l'état psychologique du narrateur à la fin de la nouvelle ? Que craint-il ?
b. Quelle est la seule personne à qui il a parlé des événements qu'il a vécus ? Pourquoi, selon vous ?

Le principe d'hésitation

INFO+
Comme dans tout récit fantastique, le lecteur est dans l'incapacité de trancher entre une **interprétation surnaturelle ou rationnelle** (qui relève de la raison) des faits.

16 **a.** Quelle explication le policier donne-t-il des faits ? Est-ce une explication rationnelle ?
b. Le témoignage du domestique et la lettre du jardinier permettent-ils d'expliquer la nature des événements ?
c. Y a-t-il dans le récit des indices d'étrangeté ou d'une présence diabolique qui pourraient faire pencher le lecteur vers une explication surnaturelle ?

JE FAIS LE BILAN

17 **a.** Résumez la nouvelle en deux ou trois phrases. Commencez par : « En rentrant chez lui... »
b. Expliquez le titre de la nouvelle en vous référant aux passages où l'expression « Qui sait ? » est citée.

J'ÉTUDIE LA LANGUE

Grammaire : l'expression du trouble émotionnel

INFO+
Dans un récit fantastique, le **trouble émotionnel** s'exprime au moyen des types et formes de phrases, et de la ponctuation (points de suspension, tirets...).

Maupassant, « La Nuit »

Le narrateur se promène un soir dans Paris. Soudain, la ville est envahie par l'obscurité et le silence…

Une épouvante me saisit, horrible. Que se passait-il ? Oh ! mon Dieu ! que se passait-il ?

Je repartis. Mais l'heure ? l'heure ? qui me dirait l'heure ? Aucune horloge ne sonnait dans les clochers ou dans les monuments. Je pensai : « Je vais ouvrir le verre de ma montre et tâter l'aiguille avec mes doigts. » Je tirai ma montre… elle ne battait plus… elle était arrêtée. Plus rien, plus rien, plus un frisson dans la ville, pas une lueur, pas un frôlement de son dans l'air. Rien ! plus rien ! plus même le roulement lointain du fiacre, plus rien !

Guy de Maupassant, « La Nuit », dans *Clair de lune* (1888).

18 **a.** Dans le texte, identifiez les phrases de type interrogatif et exclamatif. Lesquelles sont non verbales (sans verbe) ?
b. Repérez les points de suspension. Quel est leur rôle ?
c. Dans quel état le narrateur se trouve-t-il ? Pourquoi ?

Vocabulaire : les préfixes négatifs *in-* et *a-*

INFO+
« cela est si bizarre, si inexplicable, si incompréhensible… » (l. 2-3). Dans un récit fantastique, les préfixes négatifs *in-* et plus rarement *a-* permettent l'expression de l'inexplicable.

19 **a.** Dans le nuage de mots suivant, trouvez les antonymes (contraires) des adjectifs en leur ajoutant un préfixe négatif.

logique concevable dicible **réaliste**
possible RATIONNEL NORMAL croyable

b. Rappelez les règles orthographiques qui entraînent des modifications du préfixe *in-*, selon la consonne qui suit.

JE M'EXPRIME À L'ORAL

Participer à un débat

20 Quelle est votre interprétation des faits relatés dans cette nouvelle ? Êtes-vous partisan d'une explication rationnelle ou d'une explication surnaturelle ?

AIDE
Avancez des arguments qui s'appuient sur des indices relevés dans le texte.

J'ÉCRIS

Décrire un lieu inquiétant

21 Mettez en place le cadre d'un récit fantastique : un soir, en rentrant chez vous (ou dans un lieu de vacances), vous passez devant un endroit (maison, immeuble en construction, terrain vague, école abandonnée) qui vous terrifie. Décrivez le lieu et les émotions ressenties.

AIDE
- Employez la 1re personne du singulier et les temps du passé.
- Utilisez différents types de phrases et une ponctuation expressive.
- Employez des adjectifs construits avec des préfixes négatifs pour décrire les émotions ressenties.
- Suggérez l'irruption d'un phénomène étrange : présence diabolique, objets qui prennent vie, créatures fantastiques… à l'aide d'au moins deux comparaisons.

Le Veston ensorcelé

Bien que j'apprécie l'élégance vestimentaire, je ne fais guère attention, habituellement, à la perfection plus ou moins grande avec laquelle sont coupés les complets de mes semblables.

Un soir pourtant, lors d'une réception dans une maison de Milan, je fis la connaissance d'un homme qui paraissait avoir la quarantaine et qui resplendissait littéralement à cause de la beauté linéaire[1], pure, absolue de son vêtement.

Je ne savais pas qui c'était, je le rencontrais pour la première fois et pendant la présentation, comme cela arrive toujours, il m'avait été impossible d'en comprendre le nom. Mais à un certain moment de la soirée je me trouvai près de lui et nous commençâmes à bavarder. Il semblait être un homme poli et fort civil avec toutefois un soupçon de tristesse. Avec une familiarité peut-être exagérée – si seulement Dieu m'en avait préservé ! – je lui fis compliment pour son élégance ; et j'osai même lui demander qui était son tailleur.

L'homme eut un curieux petit sourire, comme s'il s'était attendu à cette question.

« Presque personne ne le connaît, dit-il, et pourtant c'est un grand maître. Mais il ne travaille que lorsque ça lui chante. Pour quelques clients seulement.

1. Beauté linéaire : beauté des lignes du vêtement.

– De sorte que moi… ?

– Oh ! vous pouvez essayer, vous pouvez toujours. Il s'appelle Corticella, Alfonso Corticella, rue Ferrara au 17.

– Il doit être très cher, j'imagine.

– Je le pense, oui, mais à vrai dire je n'en sais rien. Ce costume il me l'a fait il y a trois ans et il ne m'a pas encore envoyé sa note[2].

– Corticella ? Rue Ferrara, au 17, vous avez dit ?

– Exactement, répondit l'inconnu. »

Et il me planta là pour se mêler à un autre groupe.

Au 17 de la rue Ferrara je trouvai une maison comme tant d'autres, et le logis d'Alfonso Corticella ressemblait à celui des autres tailleurs. Il vint en personne m'ouvrir la porte. C'était un petit vieillard aux cheveux noirs qui étaient sûrement teints.

À ma grande surprise, il ne fit aucune difficulté. Au contraire il paraissait désireux de me voir devenir son client. Je lui expliquai comment j'avais eu son adresse, je louai[3] sa coupe et lui demandai de me faire un complet. Nous choisîmes un peigné gris[4] puis il prit mes mesures et s'offrit de venir pour l'essayage, chez moi. Je lui demandai son prix. Cela ne pressait pas, me répondit-il, nous nous mettrions toujours d'accord. Quel homme sympathique ! pensai-je tout d'abord. Et pourtant plus tard, comme je rentrai chez moi, je m'aperçus que le petit vieux m'avait produit un malaise (peut-être à cause de ses sourires

2. Sa note : le prix à payer pour le costume.
3. Louai : fis l'éloge.
4. Peigné gris : tissu de laine.

trop insistants et trop doucereux[5]). En somme je n'avais aucune envie de le revoir. Mais désormais le complet était commandé. Et quelque vingt jours plus tard il était prêt.

Quand on me le livra, je l'essayai, pour quelques secondes, devant mon miroir. C'était un chef-d'œuvre. Mais je ne sais trop pourquoi, peut-être à cause du souvenir du déplaisant petit vieux, je n'avais aucune envie de le porter. Et des semaines passèrent avant que je me décide.

Ce jour-là, je m'en souviendrai toujours. C'était un mardi d'avril et il pleuvait. Quand j'eus passé mon complet – pantalon, gilet et veston – je constatai avec plaisir qu'il ne me tiraillait pas et ne me gênait pas aux entournures comme le font toujours les vêtements neufs. Et pourtant il tombait à la perfection.

Par habitude je ne mets rien dans la poche droite de mon veston, mes papiers je les place dans la poche gauche. Ce qui explique pourquoi ce n'est que deux heures plus tard, au bureau, en glissant par hasard ma main dans la poche droite, que je m'aperçus qu'il y avait un papier dedans. Peut-être la note du tailleur ?

Non. C'était un billet de dix mille lires[6].

Je restai interdit. Ce n'était certes pas moi qui l'y avais mis. D'autre part il était absurde de penser à une plaisanterie du tailleur Corticella. Encore moins à un cadeau de ma femme de ménage, la seule personne qui avait eu l'occasion de s'approcher du complet après le tailleur. Est-ce que ce serait un billet de la Sainte Farce[7] ? Je le regardai

---

5. Doucereux : trop aimables, hypocrites.
6. Lire : monnaie italienne avant l'euro (10 000 lires équivalent à 5 euros).
7. Billet de la Sainte-Farce : plaisanterie.

à contre-jour, je le comparai à d'autres. Plus authentique que lui c'était impossible.

L'unique explication, une distraction de Corticella. Peut-être qu'un client était venu lui verser un acompte[8], à ce moment-là il n'avait pas son portefeuille et, pour ne pas laisser traîner le billet, il l'avait glissé dans mon veston pendu à un cintre. Ce sont des choses qui peuvent arriver.

J'écrasai la sonnette pour appeler ma secrétaire. J'allais écrire un mot à Corticella et lui restituer cet argent qui n'était pas à moi. Mais, à ce moment, et je ne saurais en expliquer la raison, je glissai de nouveau ma main dans ma poche.

« Qu'avez-vous, monsieur ? Vous ne vous sentez pas bien ? » me demanda la secrétaire qui entrait alors.

J'avais dû pâlir comme la mort. Dans la poche mes doigts avaient rencontré les bords d'un morceau de papier qui n'y était pas quelques instants avant.

« Non, non, ce n'est rien, dis-je, un léger vertige. Ça m'arrive parfois depuis quelque temps. Sans doute un peu de fatigue. Vous pouvez aller, mon petit, j'avais à vous dicter une lettre mais nous le ferons plus tard. »

Ce n'est qu'une fois la secrétaire sortie que j'osai extirper la feuille de ma poche. C'était un autre billet de dix mille lires. Alors, je fis une troisième tentative. Et un troisième billet sortit.

Mon cœur se mit à battre la chamade. J'eus la sensation de me trouver entraîné, pour des raisons mystérieuses,

---

8. Acompte : avance.

dans la ronde d'un conte de fées comme ceux que l'on raconte aux enfants et que personne ne croit vrais.

Sous le prétexte que je ne me sentais pas bien, je quittai mon bureau et rentrai à la maison. J'avais besoin de rester seul. Heureusement la femme qui faisait mon ménage était déjà partie. Je fermai les portes, baissai les stores et commençai à extraire les billets l'un après l'autre aussi vite que je le pouvais, de la poche qui semblait inépuisable.

Je travaillai avec une tension spasmodique des nerfs[9] dans la crainte de voir cesser d'un moment à l'autre le miracle. J'aurais voulu continuer toute la soirée, toute la nuit jusqu'à accumuler des milliards. Mais à un certain moment les forces me manquèrent.

Devant moi il y avait un tas impressionnant de billets de banque. L'important maintenant était de les dissimuler, pour que personne n'en ait connaissance. Je vidai une vieille malle pleine de tapis et, dans le fond, je déposai par liasses les billets que je comptai au fur et à mesure. Il y en avait largement pour cinquante millions.

Quand je me réveillai le lendemain matin, la femme de ménage était là, stupéfaite de me trouver tout habillé sur mon lit. Je m'efforçai de rire, en lui expliquant que la veille au soir j'avais bu un verre de trop et que le sommeil m'avait surpris à l'improviste.

Une nouvelle angoisse : la femme se proposait pour m'aider à enlever mon veston afin de lui donner au moins un coup de brosse.

---

9. Avec une tension spasmodique des nerfs : avec des mouvements brusques.

Je répondis que je devais sortir tout de suite et que je n'avais pas le temps de me changer. Et puis je me hâtai vers un magasin de confection pour acheter un vêtement semblable au mien en tous points ; je laisserai le nouveau aux mains de ma femme de ménage ; le mien, celui qui ferait de moi en quelques jours un des hommes les plus puissants du monde, je le cacherai en lieu sûr.

Je ne comprenais pas si je vivais un rêve, si j'étais heureux ou si au contraire je suffoquais sous le poids d'une trop grande fatalité. En chemin, à travers mon imperméable, je palpais continuellement l'endroit de la poche magique. Chaque fois je soupirais de soulagement. Sous l'étoffe le réconfortant froissement du papier-monnaie me répondait.

Mais une singulière coïncidence refroidit mon délire joyeux. Sur les journaux du matin de gros titres : l'annonce d'un cambriolage survenu la veille occupait presque toute la première page. La camionnette blindée d'une banque qui, après avoir fait le tour des succursales, allait transporter au siège central les versements de la journée, avait été arrêtée et dévalisée rue Palmanova par quatre bandits. Comme les gens accouraient, un des gangsters, pour protéger sa fuite, s'était mis à tirer. Un des passants avait été tué. Mais c'est surtout le montant du butin qui me frappa : exactement cinquante millions (comme les miens).

Pouvait-il exister un rapport entre ma richesse soudaine et le hold-up de ces bandits survenu presque en même temps ? Cela semblait ridicule de le penser. Et je ne suis pas superstitieux. Toutefois l'événement me laissa très perplexe[10].

Plus on possède et plus on désire. J'étais déjà riche, compte tenu de mes modestes habitudes.

Mais le mirage d'une existence de luxe effréné[11] m'éperonnait[12]. Et le soir même je me remis au travail. Maintenant je procédais avec plus de calme et les nerfs moins tendus. Cent trente-cinq autres millions s'ajoutèrent au trésor précédent.

Cette nuit-là je ne réussis pas à fermer l'œil. Était-ce le pressentiment d'un danger ? Ou la conscience tourmentée de l'homme qui obtient sans l'avoir méritée une fabuleuse fortune ? Ou une espèce de remords confus ? Aux premières heures de l'aube je sautai du lit, m'habillai et courus dehors en quête d'un journal.

Comme je lisais, le souffle me manqua. Un terrible incendie provoqué par un dépôt de pétrole qui s'était enflammé avait presque complètement détruit un immeuble dans la rue de San Cloro, en plein centre. Entre autres, les coffres d'une grande agence immobilière qui contenaient plus de cent trente millions en espèces avaient été détruits. Deux pompiers avaient trouvé la mort en combattant le sinistre.

Dois-je maintenant énumérer un par un tous mes forfaits[13] ? Oui, parce que désormais je savais que l'argent

---

10. Perplexe : dubitatif, qui ne sait que penser.
11. Effréné : excessif.
12. M'éperonnait : me tentait irrésistiblement.
13. Forfaits : crimes.

que le veston me procurait venait du crime, du sang, du désespoir, de la mort, venait de l'enfer. Mais insidieusement ma raison refusait railleusement d'admettre une quelconque responsabilité de ma part. Et alors la tentation revenait, et alors ma main – c'était tellement facile – se glissait dans ma poche et mes doigts, avec une volupté[14] soudaine, étreignaient les coins d'un billet toujours nouveau. L'argent, le divin argent !

Sans quitter mon ancien appartement (pour ne pas attirer l'attention) je m'étais acheté en peu de temps une grande villa, je possédais une précieuse collection de tableaux, je circulais en automobile de luxe et, après avoir quitté mon emploi « pour raison de santé », je voyageais et parcourais le monde en compagnie de femmes merveilleuses.

Je savais que chaque fois que je soutirais de l'argent de mon veston, il se produisait dans le monde quelque chose d'abject[15] et de douloureux. Mais c'était toujours une concordance vague[16], qui n'était pas étayée[17] par des preuves logiques. En attendant, à chacun de mes encaissements, ma conscience se dégradait, devenait de plus en plus vile. Et le tailleur ? Je lui téléphonai pour lui demander sa note mais personne ne répondit. Via Ferrara on me dit qu'il avait émigré, il était à l'étranger, on ne savait pas où. Tout conspirait pour me démontrer que, sans le savoir, j'avais fait un pacte avec le démon.

---

14. **Volupté :** plaisir.
15. **Abject :** odieux, qui provoque le dégoût.
16. **Concordance vague :** coïncidence vague.
17. **Étayée :** appuyée par des preuves.

Cela dura jusqu'au jour où dans l'immeuble que j'habitais depuis de longues années, on découvrit un matin une sexagénaire[18] retraitée asphyxiée par le gaz ; elle s'était tuée parce qu'elle avait perdu les trente mille lires de sa pension qu'elle avait touchée la veille (et qui avaient fini dans mes mains).

Assez, assez ! pour ne pas m'enfoncer dans l'abîme[19], je devais me débarrasser de mon veston. Mais non pas en le cédant à quelqu'un d'autre, parce que l'opprobre[20] aurait continué (qui aurait pu résister à un tel attrait ?). Il devenait indispensable de le détruire.

J'arrivai en voiture dans une vallée perdue des Alpes. Je laissai mon auto sur un terre-plein herbeux et je me dirigeai droit sur le bois. Il n'y avait pas âme qui vive. Après avoir dépassé le bourg[21] j'atteignis le gravier de la moraine[22]. Là, entre deux gigantesques rochers, je tirai du sac tyrolien l'infâme[23] veston, l'imbibai d'essence et y mis le feu. En quelques minutes il ne resta que des cendres.

Mais à la dernière lueur des flammes, derrière moi – à deux ou trois mètres aurait-on dit –, une voix humaine retentit : « Trop tard, trop tard ! » Terrorisé je me retournai d'un mouvement brusque comme si un serpent m'avait piqué. Mais il n'y avait personne en vue. J'explorai tout alentour sautant d'une roche à l'autre, pour débusquer

---

18. Sexagénaire : personne âgée d'une soixantaine d'années.
19. M'enfoncer dans l'abîme : sombrer dans le désespoir.
20. Opprobre : déchéance, mauvaises actions.
21. Bourg : grand village.
22. Moraine : débris de rochers.
23. Infâme : moralement répugnant, abject. L'Infâme désigne aussi le diable.

le maudit qui me jouait ce tour. Rien. Il n'y avait que des pierres.

Malgré l'épouvante que j'éprouvais, je redescendis dans la vallée, avec une sensation de soulagement. Libre finalement. Et riche, heureusement.

Mais sur le talus, ma voiture n'était plus là. Et lorsque je fus rentré en ville, ma somptueuse villa avait disparu ; à sa place un pré inculte avec l'écriteau « Terrain communal à vendre. » Et mes comptes en banque, je ne pus m'expliquer comment, étaient complètement épuisés. Disparus de mes nombreux coffres-forts les gros paquets d'actions[24]. Et de la poussière, rien que de la poussière, dans la vieille malle.

Désormais j'ai repris péniblement mon travail, je m'en tire à grand-peine, et ce qui est étrange, personne ne semble surpris par ma ruine subite.

Et je sais que ce n'est pas encore fini. Je sais qu'un jour la sonnette de la porte retentira, j'irai ouvrir et je trouverai devant moi ce tailleur de malheur, avec son sourire abject, pour l'ultime règlement de comptes.

Dino Buzzati, « Le Veston ensorcelé », dans *Le K*,
traduit de l'italien par J. Remillet, © Robert Laffont (1967).

---

24. Actions : argent placé.

Félicien Rops, *Satan semant l'ivraie*, 1867. Huile sur panneau, 74,3 × 59 cm.
Musée Félicien Rops, Namur.

QUESTIONS SUR *LE VESTON ENSORCELÉ*

AI-JE BIEN LU ?

1 Numérotez ces actions dans l'ordre chronologique.

- .... Le narrateur devient très riche, mais il s'aperçoit que sa fortune repose sur de graves méfaits.
- .... Il entend une voix diabolique qui lui dit : « Trop tard ! »
- .... Le narrateur achète un veston. À chaque fois qu'il met la main dans sa poche, il en sort de l'argent.
- .... En rentrant chez lui, le narrateur s'aperçoit que toute sa fortune a disparu.
- .... Pris de remords, il brûle le veston maudit.
- .... Le narrateur reprend sa vie modeste dans la terreur du jour où il devra payer.
- .... Le narrateur fait la connaissance d'un homme élégant qui lui donne l'adresse de son tailleur.

J'ANALYSE LE TEXTE

Le narrateur et le cadre

2 **a.** À quelle personne le narrateur mène-t-il le récit ?
b. A-t-il vécu les événements qu'il raconte ?

3 **a.** Dans quelle ville et lieux précis l'action se déroule-t-elle ? Citez le texte.
b. Le cadre est-il réaliste ? Justifiez.

L'événement fantastique

Les indices d'étrangeté (l. 1-58)

4 **a.** Qui sont les deux personnages rencontrés par le narrateur ?
b. En quoi sont-ils à la fois banals et étranges ? Justifiez en citant le texte.

5 **a.** Quels sentiments mêlés le narrateur éprouve-t-il pour le tailleur ?
b. Pourquoi ne porte-t-il pas tout de suite son costume ?

L'irruption du fantastique et les réactions du narrateur

6 Quel événement fantastique surprend le narrateur ?

7 Quelles hypothèses rationnelles formule-t-il pour se rassurer ? Lesquelles rejette-t-il (l. 72-84) ?

8 Quelles sont les manifestations physiques de son trouble (l. 90-118) ?

Parties du corps	Manifestations physiques
Visage	....
Cœur	....
Nerfs	....

Le pacte avec le démon

INFO+
Le **diable** ou démon (appelé aussi Satan, le malin ou le maudit) est une figure majeure de l'univers fantastique.
Il satisfait les désirs de sa victime en la poussant à succomber à la tentation et à transgresser l'interdit (jeunesse éternelle, richesse illimitée...). La victime devient soumise au démon et établit ainsi une sorte de pacte avec lui.

9 Quelle vie le narrateur mène-t-il depuis qu'il a de l'argent ? Relevez un champ lexical.

10 **a.** Quels sont les événements dramatiques qui troublent son « désir joyeux » (l. 147-218) ?

Événement	Victime(s)	Montant du butin
1)	....	....
2)	....	....
3)	....	....

b. Qu'est-ce qui le perturbe particulièrement ?

c. Quel type de phrases traduit son état intérieur (l. 171-176) ?

☐ déclaratives ☐ exclamatives ☐ interrogatives

11 **a.** Que finit par comprendre le narrateur ? Citez le texte.

b. Résiste-t-il pour autant à la tentation de l'argent ?

12 Quelle décision prend-il finalement concernant son veston ? Pourquoi ?

La chute et la portée du récit

13 Quelle découverte le narrateur fait-il au moment où il va reprendre sa voiture, et en rentrant chez lui (l. 242-249) ?

14 « Personne ne semble surpris par ma ruine subite » (l. 251-252) : cette remarque pourrait-elle mettre en doute la réalité des faits ?

INFO+

Le diable apparaît dans la Bible (*Genèse*) sous la forme d'un serpent qui fait succomber Ève à la tentation (épisode de la chute). À côté du serpent, d'autres symboles font référence au diable, comme les flammes de l'enfer ou le rire diabolique.

Après la chute, Dieu fait d'Adam et Ève des êtres mortels, et les destine à redevenir poussière.

15 **a.** Relevez dans les lignes 224 à 256 les indices de la présence du diable.
b. Relevez une allusion à la poussière (l. 242-249).
Comment l'interprétez-vous ?

16 Quel sens donnez-vous à l'expression « ultime règlement de compte » (l. 256) ? Peut-on se dégager d'un pacte avec le démon ?

17 Montrez que l'on peut interpréter ce récit de deux façons : rationnelle ou surnaturelle.

18 Quelle leçon de morale le récit donne-t-il au lecteur ?

JE FAIS LE BILAN

19 Complétez le texte avec les mots-clés suivants :

crime | bonheur | dette | diable | financiers

leçon | pacte | tailleur | veston

Le Veston ensorcelé met en scène un personnage victime d'un .... avec le ....
Il a commandé à un mystérieux ...., qui n'est autre que le diable, un .... ayant le pouvoir de satisfaire tous ses besoins .... Il se laisse séduire par l'argent facile tout en ayant compris qu'il venait du .... et du malheur. Il réagit trop tard en brûlant son veston, mais le mal est fait : il devra payer sa .... au tailleur.
La nouvelle offre au lecteur une .... de vie : l'argent malhonnête ne fait pas le ....

J'ÉTUDIE LA LANGUE

Grammaire : l'expression du doute

INFO+

Le héros du récit fantastique doute de la réalité du phénomène étrange dont il est témoin. Le **doute** peut être traduit par l'emploi de phrases de type interrogatif au mode conditionnel ou au mode indicatif avec l'adverbe *peut-être*.

20 Réécrivez les phrases au type interrogatif de façon qu'elles expriment un doute :
– utilisez d'abord le conditionnel (présent ou passé) ;
– puis l'indicatif avec *peut-être*.

EXEMPLES

• Le tailleur me fait une farce :
Le tailleur me ferait-il une farce ?
Le tailleur me fait peut-être une farce.
• Le tailleur m'a fait une farce :
Le tailleur m'aurait-il fait une farce ?
Le tailleur m'a peut-être fait une farce.

a. Il existe un rapport entre ma richesse soudaine et ces méfaits.
b. Le tailleur est une incarnation du diable.
c. J'ai vécu un rêve.
d. Je suis maudit.

Vocabulaire : autour du mot « diable »

INFO+

Le **mot « diable »** vient du grec *diabolos* qui signifie « celui qui divise ». À l'origine, le diable est un ange qui prit la tête de la rébellion contre Dieu. Cet ange déchu est également appelé « Esprit malin », « Lucifer » et « Satan » dans la Bible.

21 Complétez chaque phrase avec un adjectif dérivé du nom entre parenthèses.

(diable) **a.** Un rire ....

(enfer) **b.** Une situation ....

(démon) **c.** Un être ....

22 À l'aide du dictionnaire, donnez le sens des expressions :

a. Faire un pacte avec le diable.
b. Se faire l'avocat du diable.
c. Tirer le diable par la queue.
d. Envoyer quelqu'un au diable.
e. Un vent de tous les diables.
f. Tenter le diable.

J'ÉCRIS

Écrire une suite

23 Rédigez la suite de la nouvelle : comme le redoute le narrateur, Corticella lui rend visite pour lui réclamer le paiement de sa dette. Terrifié, le narrateur utilise de nombreux arguments pour tenter de sauver son âme.

AIDE
- Introduisez une partie dialoguée.
- Utilisez le lexique de la peur et celui de ses manifestations physiques.
- Exprimez le doute du narrateur.
- Utilisez l'un des mots *diable*, *Satan*, *enfer*, ou un dérivé.

NOUVELLE 5 RICHARD MATHESON

Le Jeu du bouton

Le paquet était déposé sur le seuil : un cartonnage cubique clos par une simple bande gommée, portant leur adresse en capitales écrites à la main : *Mr et Mrs*[1] *Arthur Lewis, 217E 37' Rue, New York*. Norma le ramassa, tourna la clé dans la serrure et entra. La nuit tombait.

Quand elle eut mis les côtelettes d'agneau à rôtir, elle se confectionna un martini-vodka et s'assit pour défaire le paquet.

Elle y trouva une petite boîte en contreplaqué munie d'un bouton de commande. Ce bouton était protégé par un petit dôme de verre. Norma essaya de l'ôter, mais il était solidement rivé[2]. Elle renversa la boîte et vit une feuille de papier pliée, collée avec du scotch sur le fond de la caissette. Elle lut ceci : *Mr Steward se présentera chez vous ce soir à vingt heures.*

Norma plaça la boîte à côté d'elle sur le sofa. Elle savoura son martini et relut en souriant la phrase dactylographiée[3].

Peu après, elle regagna la cuisine pour éplucher la salade.

À huit heures précises, le timbre[4] de la porte retentit.

---

1. **Mr et Mrs :** version américaine des abréviations M. et Mme en français.
2. **Rivé :** fixé.
3. **Dactylographiée :** écrite à la machine à écrire (aujourd'hui remplacée par l'ordinateur).
4. **Timbre :** sonnerie.

« J'y vais », déclara Norma. Arthur était installé avec un livre dans la salle de séjour[5].

Un homme de petite taille se tenait sur le seuil. Il ôta son chapeau.

« Mrs Lewis ? s'enquit-il[6] poliment.

– C'est moi.

– Je suis Mr Steward.

– Ah ! bien. Norma réprima un sourire. Le classique représentant[7], elle en était maintenant certaine.

– Puis-je rentrer ?

– J'ai pas mal à faire, s'excusa Norma. Mais je vais vous rendre votre joujou. Elle amorça une volte-face[8].

– Ne voulez-vous pas savoir de quoi il s'agit ?

Norma s'arrêta.

Le ton de Mr Steward avait été plutôt sec.

– Je ne pense pas que ça nous intéresse, dit-elle.

– Je pourrais cependant vous prouver sa valeur.

– En bons dollars ? riposta Norma.

Mr Steward hocha la tête.

– En bons dollars, certes.

Norma fronça les sourcils. L'attitude du visiteur ne lui plaisait guère.

– Qu'essayez-vous de vendre ? demanda-t-elle.

– Absolument rien, madame.

Arthur sortit de la salle de séjour.

– Une difficulté ?

---

5. Salle de séjour : appelée « living » plus loin.

6. S'enquit-il : du verbe « s'enquérir », s'informer.

7. Représentant : personne qui fait des démarchages commerciaux.

8. Elle amorça une volte-face : elle commença à se retourner pour aller chercher l'objet.

Mr Steward se présenta.

– Ah ! oui, le... Arthur eut un geste en direction du living. Il souriait. Alors, de quel genre de truc s'agit-il ?

– Ce ne sera pas long à expliquer, dit Mr Steward. Puis-je entrer ?

– Si c'est pour vendre quelque chose...

Mr Steward fit non de la tête.

– Je ne vends rien.

Arthur regarda sa femme.

– À toi de décider, dit-elle.

Il hésita, puis :

– Après tout, pourquoi pas ? »

Ils entrèrent dans la salle de séjour et Mr Steward prit place sur la chaise de Norma. Il fouilla dans une de ses poches et présenta une enveloppe cachetée. « Il y a là une clé permettant d'ouvrir le dôme qui protège le bouton », expliqua-t-il. Il posa l'enveloppe à côté de la chaise.

« Ce bouton est relié à notre bureau.

– Dans quel but ? demanda Arthur.

– Si vous appuyez sur le bouton, quelque part dans le monde, en Amérique ou ailleurs, un être humain que vous ne connaissez pas mourra. Moyennant quoi vous recevrez cinquante mille dollars.

Norma regarda le petit homme avec des yeux écarquillés. Il souriait toujours.

– Où voulez-vous en venir ? exhala[9] Arthur.

Mr Steward parut stupéfait.

9. Exhala : demanda dans un souffle.

– Mais je viens de vous le dire susurra-t-il[10].

– Si c'est une blague, elle n'est pas de très bon goût !

– Absolument pas ! Notre offre est on ne peut plus sérieuse.

– Mais ça n'a pas de sens ! insista Arthur. Vous voudriez nous faire croire...

– Et d'abord, quelle maison représentez-vous ? intervint Norma.

Mr Steward montra quelque embarras.

– C'est ce que je regrette de ne pouvoir vous dire, s'excusa-t-il. Néanmoins, je vous garantis que notre organisation est d'importance mondiale.

– Je pense que vous feriez mieux de vider les lieux, signifia Arthur en se levant.

Mr Steward l'imita. – Comme il vous plaira.

– Et de reprendre votre truc à bouton.

– Êtes-vous certain de ne pas préférer y réfléchir un jour ou deux ? »

Arthur prit la boîte et l'enveloppe et les fourra de force entre les mains du visiteur. Puis il traversa le couloir et ouvrit la porte.

« Je vous laisse ma carte », déclara Mr Steward. Il déposa le bristol[11] sur le guéridon à côté de la porte.

Quand il fut sorti, Arthur déchira la carte en deux et jeta les morceaux sur le petit meuble.

« Bon Dieu ! » proféra-t-il.

Norma était restée assise dans le living.

10. Susurra-t-il : murmura-t-il.
11. Bristol : carte.

« De quel genre de truc s'agissait-il en réalité, à ton avis ?

– C'est bien le cadet de mes soucis[12] ! grommela-t-il.

Elle essaya de sourire, mais sans succès.

– Cela ne t'inspire aucune curiosité ?

Il secoua la tête. – Aucune. »

Une fois qu'Arthur eut repris son livre, Norma alla finir la vaisselle.

« Pourquoi ne veux-tu plus en parler ? » demanda Norma.

Arthur, qui se brossait les dents, leva les yeux et regarda l'image de sa femme reflétée par le miroir de la salle de bains.

« Ça ne t'intrigue donc pas ? insista-t-elle.

– Dis plutôt que ça ne me plaît pas du tout.

– Oui, je sais, mais... Norma plaça un nouveau rouleau dans ses cheveux. Ça ne t'intrigue pas quand même ? Tu penses qu'il s'agit d'une plaisanterie ? poursuivit-elle au moment où ils gagnaient leur chambre.

– Si c'en est une, elle est plutôt sinistre.

Norma s'assit sur son lit et retira ses mules[13].

– C'est peut-être une nouvelle sorte de sondage d'opinion.

Arthur haussa les épaules.

– Peut-être.

– Une idée de millionnaire un peu toqué, pourquoi pas ?

– Ça se peut.

– Tu n'aimerais pas savoir ?

---

12. Le cadet de mes soucis : le dernier de mes soucis.
13. Mules : pantoufles.

Arthur secoua la tête.

– Mais pourquoi ?

– Parce que c'est immoral, scanda-t-il.

Norma se glissa entre les draps.

– Eh bien, moi, je trouve qu'il y a de quoi être intrigué.

Arthur éteignit, puis se pencha vers sa femme pour l'embrasser.

– Bonne nuit, chérie.

– Bonne nuit. »

Elle lui tapota le dos.

Norma ferma les yeux. Cinquante mille dollars, songeait-elle.

Le lendemain, en quittant l'appartement, elle vit la carte déchirée sur le guéridon. D'un geste irraisonné, elle fourra les morceaux dans son sac. Puis elle ferma la porte à clé et rejoignit Arthur dans l'ascenseur.

Plus tard, profitant de la pause café, elle sortit les deux moitiés de bristol et les assembla. Il y avait simplement le nom de Mr Steward et son numéro de téléphone.

Après le déjeuner, elle prit encore une fois la carte déchirée et la reconstitua avec du scotch. Pourquoi est-ce que je fais ça ? se demanda-t-elle.

Peu avant cinq heures, elle composait le numéro.

« Bonjour, modula la voix de Mr Steward.

Norma fut sur le point de raccrocher, mais passa outre[14]. Elle s'éclaircit la voix.

14. Passa outre : changea d'avis, se ravisa.

– Je suis Mrs Lewis, dit-elle.

– Mrs Lewis, parfaitement. Mr Steward semblait fort bien disposé.

– Je me sens curieuse.

– C'est tout naturel, convint Mr Steward.

– Notez que je ne crois pas un mot de ce que vous nous avez raconté.

– C'est pourtant rigoureusement exact, articula Mr Steward.

– Enfin, bref... Norma déglutit. Quand vous disiez que quelqu'un sur terre mourrait, qu'entendiez-vous par là ?

– Pas autre chose, Mrs Lewis. Un être humain, n'importe lequel. Et nous vous garantissons même que vous ne le connaissez pas. Et aussi, bien entendu, que vous n'assisteriez même pas à sa mort.

– En échange de cinquante mille dollars, insista Norma.

– C'est bien cela.

Elle eut un petit rire moqueur.

– C'est insensé.

– Ce n'en est pas moins la proposition que nous faisons. Souhaitez-vous que je vous réexpédie la petite boîte ?

Norma se cabra.

– Jamais de la vie ! » Elle raccrocha d'un geste rageur.

Le paquet était là, posé près du seuil. Norma le vit en sortant de l'ascenseur. Quel toupet ! songea-t-elle. Elle lorgna le cartonnage sans aménité[15] et ouvrit la porte.

---

15. Sans aménité : durement, sans complaisance.

Non, se dit-elle, je ne le prendrai pas. Elle entra et prépara le repas du soir.

Plus tard, elle alla avec son verre de martini-vodka jusqu'à l'antichambre. Entrebâillant la porte, elle ramassa le paquet et revint dans la cuisine, où elle le posa sur la table.

Elle s'assit dans le living, buvant son cocktail à petites gorgées, tout en regardant par la fenêtre. Au bout d'un moment elle regagna la cuisine pour s'occuper des côtelettes. Elle cacha le paquet au fond d'un des placards. Elle se promit de s'en débarrasser dès le lendemain matin.

« C'est peut-être un millionnaire qui cherche à s'amuser aux dépens des gens, dit-elle.

Arthur leva les yeux de son assiette.

– Je ne te comprends vraiment pas.

– Enfin, qu'est-ce que ça peut bien signifier ?

Norma mangea en silence puis, tout à coup, lâcha sa fourchette.

Arthur la dévisagea d'un œil effaré.

– Oui. Si c'était une offre sérieuse ?

– Admettons. Et alors ? Il ne semblait pas se résoudre à conclure. Que ferais-tu ? Tu reprendrais cette boîte, tu presserais le bouton ? Tu accepterais d'assassiner quelqu'un ?

Norma eut une moue méprisante.

– Oh ! Assassiner…

– Et comment appellerais-tu ça, toi ?

– Puisqu'on ne connaîtrait même pas la personne ? insista Norma.

Arthur montra un visage abasourdi.

– Serais-tu en train d'insinuer ce que je crois deviner ?

– S'il s'agit d'un vieux paysan chinois à quinze mille kilomètres de nous ? Ou d'un nègre famélique du Congo ?

– Et pourquoi pas plutôt un bébé de Pennsylvanie ? rétorqua Arthur. Ou une petite fille de l'immeuble voisin ?

– Ah ! voilà que tu pousses les choses au noir.

– Où je veux en venir, Norma, c'est que peu importe qui serait tué. Un meurtre reste un meurtre.

– Et où je veux en venir, moi, c'est que s'il s'agissait d'un être que tu n'as jamais vu et que tu ne verras jamais, d'un être dont tu n'aurais même pas à savoir comment il est mort, tu refuserais malgré tout d'appuyer sur le bouton ?

Arthur regarda sa femme d'un air horrifié.

– Tu veux dire que tu accepterais, toi ?

– Cinquante mille dollars, Arthur.

– Qu'est-ce que ça vient...

– Cinquante mille dollars, répéta Norma. L'occasion de faire ce voyage en Europe dont nous avons toujours parlé.

– Norma !

– L'occasion d'avoir notre pavillon en banlieue.

– Non, Norma. Arthur pâlissait. Pour l'amour de Dieu, non !

Elle haussa les épaules. – Allons, calme-toi. Pourquoi t'énerver ? Je ne faisais que supposer. »

Après le dîner, Arthur gagna le living. Au moment de quitter la table, il dit : « Je préférerais ne plus en discuter, si tu n'y vois pas d'inconvénient. »

Norma fit un geste insouciant. « Entièrement d'accord. »

Elle se leva plus tôt que de coutume pour faire des crêpes et les œufs au bacon à l'intention d'Arthur.

« En quel honneur ? demanda-t-il gaiement.

– En l'honneur de rien. Norma semblait piquée[16]. J'ai voulu en faire, rien de plus.

– Bravo, apprécia-t-il. Je suis ravi. »

Elle lui remplit de nouveau sa tasse.

« Je tenais à te prouver que je ne suis pas... Elle s'interrompit avec un geste désabusé[17].

– Pas quoi ?

– Égoïste ?

– Ai-je jamais prétendu ça ?

– Ma foi... hier soir...

Arthur resta muet.

– Toute cette discussion à propos du bouton, reprit Norma. Je crois que... bref, que tu ne m'as pas comprise...

– Comment cela ?

Il y avait de la méfiance dans la question d'Arthur.

– Je crois que tu t'es imaginé... (nouveau geste vague) que je ne pensais qu'à moi seule.

– Oh !

– Et c'est faux.

– Norma, je...

– C'est faux, je le répète. Quand j'ai parlé du voyage en Europe, du pavillon...

– Norma ! Pourquoi attacher tant d'importance à cette histoire ?

16. **Piquée :** vexée.
17. **Désabusé :** blasé, désenchanté.

– Je n'y attache pas d'importance. Elle s'interrompit, comme si elle avait du mal à trouver son souffle, puis : J'essaie simplement de te faire comprendre que…

– Que quoi ?

– Que si je pense à ce voyage, c'est pour nous deux. Que si je pense à un pavillon, c'est pour nous deux. Que si je pense à un appartement plus confortable, à des meubles plus beaux, à des vêtements de meilleure qualité, c'est pour nous deux. Et que si je pense à un bébé puisqu'il faut tout dire, c'est pour nous deux, toujours !

– Mais tout cela, Norma, nous l'aurons.

– Quand ?

Il la regarda avec désarroi.

– Mais tu…

– Quand ?

– Alors, tu… Arthur semblait céder du terrain. Alors, tu penses vraiment…

– Moi ? Je pense que si des gens proposent ça, c'est dans un simple but d'enquête ! Ils veulent établir le pourcentage de ceux qui accepteraient ! Ils prétendent que quelqu'un mourra, mais uniquement pour noter les réactions… culpabilité, inquiétude, que sais-je ! Tu ne crois tout de même pas qu'ils iraient vraiment tuer un être humain, voyons ? »

Quand il fut parti à son travail, Norma était toujours assise, les yeux fixés sur sa tasse vide. Je vais être en retard, songea-t-elle. Elle haussa les épaules. Quelle importance, après tout ? La place d'une femme est au foyer, et non dans un bureau.

Alors qu'elle rangeait la vaisselle, elle abandonna brusquement l'évier, s'essuya les mains et sortit le paquet du placard. L'ayant défait, elle posa la petite boîte sur la table. Elle resta longtemps à la regarder avant d'ouvrir l'enveloppe contenant la clé. Elle ôta le dôme de verre. Le bouton, véritablement, la fascinait. Comme on peut être bête ! songea-t-elle. Tant d'histoires pour un truc qui ne rime à rien.

Elle avança la main, posa le bout du doigt... et appuya. Pour nous deux, se répéta-t-elle rageusement.

Elle ne put quand même s'empêcher de frémir. Est-ce que, malgré tout ?... Un frisson glacé la parcourut.

Un moment plus tard, c'était fini. Elle eut un petit rire ironique. Comme on peut être bête ! Se monter la tête pour des billevesées[18] !

Elle jeta la boîte à la poubelle et courut s'habiller pour partir à son travail.

Elle venait de mettre la viande du soir à griller et de se préparer son habituel martini-vodka quand le téléphone sonna. Elle décrocha.

« Allô.

– Mrs Lewis ?

– C'est elle-même.

– Ici l'hôpital de Lenox Hill. »

Elle crut vivre un cauchemar à mesure que la voix l'informait de l'accident survenu dans le métro : la cohue sur

---

18. Billevesées : balivernes, bêtises.

le quai, son mari bousculé, déséquilibré, précipité sur la voie à l'instant même où une rame arrivait.

Elle avait conscience de hocher la tête, mécaniquement, sans pouvoir s'arrêter.

Elle raccrocha.

Alors seulement elle se rappela l'assurance-vie souscrite par Arthur : une prime de vingt-cinq mille dollars, une clause de double indemnité en cas de…

Alors elle fracassa la boîte contre le bord de l'évier. Elle frappa à coups redoublés, de plus en plus fort, jusqu'à ce que le bois eût éclaté. Elle arracha les débris, insensible aux coupures qu'elle se faisait. La caissette ne contenait rien. Pas le moindre fil. Elle était vide.

Quand le téléphone sonna, Norma suffoqua, comme une personne qui se noie. Elle vacilla jusqu'au living-room, saisit le récepteur.

« Mrs Lewis ? articula doucement Mr Steward.

Était-ce bien sa voix à elle qui hurlait ainsi ? Non, impossible !

– Vous m'aviez bien dit que je ne connaîtrais pas la personne qui devait mourir ?

– Mais, chère madame, objecta Mr Steward, croyez-vous vraiment que vous connaissiez votre mari ? »

Richard Matheson, « Le Jeu du bouton » (1970),
dans *Au bord du précipice et autres nouvelles*,
traduction de Jacques Chambon et Hélène Collon

QUESTIONS SUR *LE JEU DU BOUTON*

AI-JE BIEN LU ?

1 Cochez les bonnes réponses.

a. Quels liens unissent Arthur et Norma ?
- ☐ Ils sont voisins.
- ☐ Ils sont collègues de travail.
- ☐ Ils sont mariés.

b. Comment rencontrent-ils Mr Steward ?
- ☐ Mr Steward sonne à leur porte.
- ☐ Mr Steward leur téléphone.
- ☐ Mr Steward est le patron d'Arthur.

c. Pour quelle entreprise Mr Steward travaille-t-il ? (deux réponses)
- ☐ Il travaille pour un grand magasin de jouets.
- ☐ Il travaille pour une entreprise d'envergure mondiale.
- ☐ Le personnage refuse de le dire clairement.

d. Qu'est-ce qui est déposé sur le palier des Lewis ?
- ☐ Des côtelettes d'agneau.
- ☐ Une boîte contenant un bouton de commande.
- ☐ Une clé.

e. À la fin du récit, Norma a-t-elle appuyé sur le bouton du jeu ?
- ☐ Non, car les Lewis mettent Mr Steward à la porte.
- ☐ Non, car Norma a jeté la boîte à la poubelle.
- ☐ Oui, car Norma souhaite gagner 50 000 dollars.

J'ANALYSE LE TEXTE

Le narrateur et le cadre

2 **a.** À quelle personne le récit est-il mené ?
Le narrateur a-t-il vécu les événements qu'il raconte ?
b. De quel personnage restitue-t-il plus particulièrement les gestes et les pensées ? Pourquoi selon vous ?

❸ Dans quelle ville, dans quel lieu précis et à quelle époque l'action se déroule-t-elle ? Le cadre est-il réaliste ? Justifiez.

❹ Quelles actions quotidiennes rythment la vie du couple ?

❺ Sur quelle durée l'action s'étend-elle ?
Appuyez-vous sur les actions suivantes.

Actions	Indices temporels
Norma trouve le paquet en rentrant chez elle.	....
Elle téléphone à Mr Steward.	....
Elle trouve à nouveau le paquet devant sa porte.	....
Elle appuie sur le bouton.	....
Elle apprend la mort de son mari.	....

Le fantastique : le personnage tentateur

INFO+
Le narrateur peut **caractériser un personnage** de façon directe, en fournissant des informations sur ce personnage ou de façon indirecte, à travers son comportement ou ses paroles.

❻ **a.** Quelles informations le narrateur donne-t-il sur le personnage de Mr Steward (caractéristiques physiques et morales, profession) ? Prenez en compte les dialogues.
b. Est-il aimable ? souriant ? Justifiez votre réponse.

❼ Quel marché diabolique propose-t-il au couple ?

8 « notre organisation est d'une importance mondiale. »
De quelle organisation s'agit-il, selon vous ?
Quelle peut être la véritable identité de Mr Steward ?

Les réactions du couple

9 Quelle est la première réaction des Lewis à la proposition de Mr Steward ?

> INFO+
> La littérature fantastique peut s'appuyer sur des **textes fondateurs** (Bible, mythologie) pour les renouveler. Ainsi, la nouvelle de Matheson fait référence à l'histoire d'Adam et Ève : celle-ci, tentée par le serpent (le démon), a entraîné Adam dans sa chute.

10 Indiquez les passages correspondant aux étapes de la progression de la tentation chez Norma.

1. Elle se sent dévorée par la curiosité. l. ....-..........

2. Elle reconstitue la carte et hésite à appeler. l. ....-..........

3. .... l. ....-..........

4. .... l. ....-..........

11 Quels projets Norma voudrait-elle réaliser avec la somme de 50 000 dollars ?

12 **a.** Comment Norma tente-t-elle de minimiser les conséquences de son geste si elle décide d'appuyer sur le bouton ?
b. Montrez qu'elle se défend auprès de son mari de faire preuve d'égoïsme (l. 268-273).

13 **a.** Par quels arguments et au nom de quelles valeurs Arthur s'oppose-t-il à sa femme (l. 198-231) ?
b. Citez, dans ce même passage, trois expressions qui témoignent de ce qu'il ressent en écoutant sa femme parler.

La chute et la portée de la nouvelle

14 **a.** De quelle façon le marché proposé par Mr Steward se réalise-t-il (l. 313-326) ?
b. « Alors elle fracassa la boîte contre le bord de l'évier. » Expliquez le geste de Norma.

15 Quelle explication rationnelle le lecteur peut-il donner à la mort d'Arthur ? Quelle interprétation surnaturelle ?

16 **a.** Relisez les deux dernières phrases de la nouvelle, puis reliez chaque personnage au sens qu'il donne au verbe « connaître ».

Mr Steward •	• Connaître : pouvoir identifier une personne, l'avoir rencontrée, savoir de qui il s'agit.
Norma •	• Connaître : comprendre la personnalité d'une personne.

b. Quelle question Mr Steward pose-t-il ainsi concernant les relations humaines ?

17 À travers le personnage de Norma, quel type de comportement l'auteur dénonce-t-il ?

JE FAIS LE BILAN

18 Complétez le texte avec les mots-clés suivants :

accepter | cupidité | hésite | morales | mort | rationelle | refuse | surnaturelle

Mr Steward propose un marché diabolique aux Lewis : de l'argent contre la mort d'un inconnu.
Alors que le mari .... au nom de valeurs .... ,
son épouse Norma .... et finit par ....
On lui annonce alors une tragique nouvelle. Son mari est ....
.... Elle touche alors la prime d'assurance.
Comme dans tout récit fantastique, la chute peut être interprétée de manière .... ou ....
À travers le personnage de Norma, l'auteur de la nouvelle dénonce la .... Il montre aussi que l'on ne connaît jamais vraiment l'autre.

J'ÉTUDIE LA LANGUE

Vocabulaire : autour du mot « connaître »

19 Dans chaque phrase, identifiez le sens du verbe « connaître », puis reliez-la à la phrase du même ce sens.

Je connais cette rumeur.	•	•	Nous n'avons pas fait connaissance.
J'ai connu la misère.	•	•	J'y suis déjà allé.
Je ne le connais pas.	•	•	Je comprends sa personnalité.
Je connais ce restaurant.	•	•	Je sais.
Je l'ai connu au collège.	•	•	Je suis au courant.
Je le connais très bien.	•	•	J'en ai fait l'expérience.
Je connais la réponse.	•	•	J'ai été en relation avec lui.

JE M'EXPRIME À L'ORAL

Jouer et mettre en scène un extrait de la nouvelle

20 Par groupes de deux ou trois, choisissez une scène dialoguée (scène entre Mr Stewart et le couple, l. 20-98 ; scène entre Norma et son mari, l. 185-230 ou l. 232-289) et jouez-la.

AIDE
- Apprenez par cœur tous les rôles.
- Aidez-vous des verbes de parole pour adopter le ton qui convient (*susurrer*, *grommeler*).
- Présentez la scène devant la classe en faisant ressortir le caractère étrange et mystérieux des propos de Mr Stewart.

J'ÉCRIS

Écrire une lettre

21 Norma écrit à un détective privé pour lui faire le compte rendu de sa terrible aventure. Elle lui fournit les éléments dont elle dispose et lui demande d'enquêter sur Mr Steward et sa mystérieuse entreprise.

AIDE
- Utilisez les indices que vous avez relevés dans le texte à propos de Mr Steward : ses caractéristiques physiques et morales, les détails concernant la boîte, l'appel téléphonique...
- Utilisez le vocabulaire des émotions pour donner plus de force à la demande.

Fonds d'écran

Balthazar avait acheté son téléphone portable dans une minuscule boutique pour une poignée d'euros. Toutes options : photo, vidéo, visiophonie, Net, écran large, des pixels et une mémoire à faire pâlir un ordinateur de bureau ou une PS 2. Même pas besoin de changer de forfait et de numéro. Il n'était pas parvenu à donner un âge au vendeur, l'homme aux cheveux blancs et tirés en queue-de-cheval qui le lui avait vendu. La boutique elle-même lui avait paru bizarre, vitrine opaque, enseigne illisible, une sorte d'antre[1] obscur et froid où on ne s'attendait vraiment pas à trouver les derniers-nés de la technologie cellulaire[2]. L'affichette rouge vif, *nouveau, portable de la marque ReFNe en promotion, compatible avec tous les réseaux, 19,90 euros seulement*, l'avait incité à pousser une porte qu'il n'aurait même pas remarquée en d'autres circonstances.

Le vendeur avait remplacé la carte SIM et appelé le fixe de la boutique pour vérifier que l'appareil fonctionnait correctement. En tendant le billet de vingt euros, Balthazar s'était demandé une dernière fois où était l'arnaque, puis, comme il avait gardé son ancien appareil, il avait estimé qu'il ne risquait pas grand-chose – la moitié de son argent de poche mensuel.

---

1. Antre : sorte de grotte servant de demeure à certains animaux féroces, créatures mythologiques ou fantastiques.
2. Technologie cellulaire : de l'américain *cell phone*, « téléphone portable ».

Il s'assit sur un escalier et joua un long moment avec les touches, les options et les sonneries du téléphone, histoire de bien se le mettre en main, avant de songer à appeler son premier interlocuteur. Une interlocutrice en fait : Tania, la fille qu'il draguait[3] depuis deux mois et qui, jusqu'alors, avait toujours refusé de sortir avec lui. Peut-être qu'elle le regarderait d'un autre œil avec son jouet flambant neuf. Tania, comme beaucoup de filles, était accro à la mode, à la nouveauté.

Il composa le numéro, pas besoin de le saisir dans le répertoire, il le connaissait par cœur. Elle laissa passer quatre sonneries avant de répondre (elle aimait bien la chanson d'Amel[4] qu'elle avait choisie pour sonnerie).

« Salut, c'est moi, Balthazar.

– Ah…

– J'ai un nouveau portable qui déchire. Attends, j'me mets en visio… »

Il brancha le micro et plaça le téléphone une quarantaine de centimètres devant son visage.

« Tu me vois ?

– Ben ouais. J'connais déjà ta tronche, remarque.

– La tienne aussi, j'la connais, mais j'aimerais quand même bien la voir. »

Soupir agacé à l'autre bout.

« Si tu veux… »

Victoire : la frimousse de Tania apparut sur l'écran de Balthazar au bout de quelques secondes. Sourire un peu

---

3. Draguait : tentait de séduire (familier).
4. Amel : prénom d'une chanteuse française.

forcé, cheveux bruns et raides, yeux en amande, peau dorée, toujours aussi jolie.

La communication s'interrompit tout à coup. Balthazar n'entendit plus la voix ni la respiration de sa correspondante. Le fond d'écran de son portable (Vegeta[5], ringard, faudra le changer) supplanta l'adorable visage de Tania.

Merde, problème de réseau, dire qu'il l'avait presque pécho…

Il recomposa le numéro, tomba cette fois sur sa boîte vocale. Elle avait sans doute oublié de recharger son appareil. Ah, les filles.

Tania ne vint pas à l'école le lendemain. Ni le jour suivant. Le lundi matin, deux flics, un homme et une femme, entrèrent dans la classe pour demander aux élèves s'ils avaient des informations au sujet de leur camarade : elle avait disparu le jeudi de la semaine dernière sans laisser de traces ni donner de nouvelles à ses parents. Bouleversé, Balthazar ne songea pas à leur dire qu'il l'avait eue au téléphone et qu'il n'avait rien remarqué d'anormal.

Il tenta de la joindre à la première récré, tomba encore une fois sur la boîte vocale, se traita de crétin : les parents de Tania et les flics y avaient déjà pensé, évidemment. Puis, alors qu'il consultait les fonds d'écran pour remplacer Végéta (*Dragon Ball Z*, c'est vraiment pour les nazes, avaient ricané deux copains de la classe), une image le sidéra[6].

---

5. Vegeta : personnage du manga *Dragon Ball Z*.
6. Le sidéra : le frappa de stupeur.

Le pétrifia.

Le visage de Tania. Pas le visage mignon et souriant qu'il avait entrevu la dernière fois, non, un visage horrifié, les yeux écarquillés par l'épouvante, la bouche grande ouverte.

Comment... comment cette image était-elle arrivée là ? Est-ce que le téléphone prenait automatiquement des photos des correspondants pour les enregistrer dans les réglages Fonds d'écran ? Possible, et même probable, la technologie progressait sans cesse. Mais ça n'expliquait pas la terreur apparente de Tania. Balthazar en conclut que quelqu'un l'avait enlevée ou frappée pendant qu'ils parlaient et que le téléphone l'avait mémorisée à ce moment-là.

Il hésita à prévenir les flics. D'abord, il n'était pas certain que ses révélations feraient avancer l'enquête, ensuite les flics lui flanquaient une frousse de tous les diables avec leurs regards lasers et leurs questions en rafale, de vraies mitraillettes. À la place de Vegeta, il choisit Kartmann, le personnage rondouillard et mal embouché du dessin animé *South Park*.

Le soir, comme il mourait d'envie de s'amuser avec son téléphone, il appela Émilie, une copine (il lui restait une heure et trois minutes de forfait). Moins jolie que Tania, un peu boulotte, mais sympa et rigolote. Son principal défaut : elle n'avait pas de portable dernier cri, on ne pouvait échanger avec elle que des bavardages. Alors il prétexta un ordre de ses parents pour raccrocher et se rabattre sur Timothée, un mec de la classe qu'il n'aimait pas beaucoup, un frimeur toujours sapé à la dernière mode.

« Salut, c'est Balthazar.

– Qu'est-ce que tu veux ?

– J'ai un nouveau portable…

– J'l'ai vu. Pas mal. Et alors ?

– J'voulais vérifier un truc pour la visio…

– D'accord. Envoie-moi ta tronche, j't'envoie la mienne. »

Balthazar ne regrettait pas son investissement : il pénétrait dans un cercle où il n'aurait jamais été admis auparavant, le cercle des élus de la technologie.

La tête de Timothée apparut sur l'écran.

« Tu me… »

Il n'eut pas le temps de finir sa phrase. La communication s'interrompit, son visage s'effaça et fut aussitôt remplacé par Kartmann, figé et rondouillard. Balthazar resta un moment glacé d'effroi sur son lit avant de rappeler Timothée. Ce fut la boîte vocale de ce dernier qui lui répondit. Deuxième fois qu'il essayait la fonction visio, deuxième fois qu'ils étaient coupés. Décidément. Son téléphone avait peut-être un défaut ; pas étonnant, vu son prix.

Et si…

Fébrile tout à coup, Balthazar compulsa les fonds d'écran. Pressa la touche de défilement des images. Découvrit, à côté de Tania, le visage de Timothée. Épouvanté lui aussi, les yeux exorbités, la bouche tordue par une grimace.

Balthazar roula d'étranges pensées jusqu'au cœur de la nuit, se résolut de prévenir ses parents, y renonça finalement : ils le croiraient fou, ils l'emmèneraient chez un docteur, ils le feraient enfermer peut-être. Il lui fallait d'abord savoir si Timothée serait présent aujourd'hui à l'école.

Tout cela n'était sans doute qu'un truc de ouf, une coïncidence.

Mais Timothée ne vint pas à l'école ce jour-là. Ni le lendemain. Les policiers se présentèrent à nouveau dans la classe et commencèrent à interroger les élèves un à un. Balthazar fut parmi les premiers à passer. Il n'eut pas le courage d'avouer la vérité à l'homme et à la femme aux regards perçants qui le bombardaient de questions. Il bredouilla qu'il n'avait pas eu de nouvelles de Tania ni de Timothée avant leur disparition.

Tu mens, siffla[7] la femme flic. On a retrouvé leurs portables. C'est toi qu'ils ont appelé en dernier. Tous les deux.

Balthazar dut alors reconnaître qu'ils s'étaient parlé au téléphone, mais pas longtemps. Les policiers demandèrent à voir son téléphone, le lui rendirent après avoir constaté que les appels correspondant aux numéros de Tania et Timothée n'avaient effectivement duré qu'une poignée de secondes. Puis ils le renvoyèrent en lui disant qu'il serait bientôt convoqué avec ses parents pour un deuxième interrogatoire.

---

7. Siffla : dit d'une voix stridente marquée par la colère.

Le soir, de retour à la maison, il dut raconter à sa mère, prévenue par l'école, la même chose qu'aux flics. Elle ouvrit des yeux si terrifiés qu'il se dépêcha de changer de sujet. Il lui confia qu'il avait acheté un nouveau portable avec son argent de poche. Elle haussa les épaules.

« C'est ton argent, tu fais ce que tu veux avec. On va demain matin au commissariat. Tu ne sors pas de la maison en attendant, compris ? Essaie de te souvenir exactement de ce que vous vous êtes raconté, Tania, Timothée et toi. »

Une fois dans sa chambre, Balthazar s'allongea sur son lit. Il refusa d'abord de sortir son portable de la poche de son blouson. Il commençait à en avoir peur. Puis la curiosité l'emporta.

Une enveloppe jaune clignotait sur l'écran. Inquiet, Balthazar pressa la touche de validation, atterrit dans les messages reçus.

Expéditeur : 06 666 666 (un numéro spécial, de la pub sans doute).

Bonjour. Urgent.

Veuillez appuyer sur la touche OK.

Encore un de ces jeux débiles dont les publicistes saturaient les messageries et les boîtes électroniques. Balthazar poussa un soupir, obtempéra, arriva dans une rubrique intitulée : Mémoire cachée.

Une banque d'images. Elle ne contenait que des visages, jeunes pour la plupart. Des centaines. Tous exprimaient une peur atroce, indicible, comme surpris au moment de leur mort. Oppressé, Balthazar visionna les images jusqu'à ce qu'il découvre les visages de Tania et de Timothée. Il vérifia fébrilement[8] les fonds d'écran, constata que Tania et Timothée ne s'y trouvaient plus, roula dans une profonde vague de panique.

L'enveloppe jaune, qui clignotait à nouveau sur l'écran, attira son attention.

Expéditeur : 06 666 666.

Bonjour, Vous avez été enregistré et placé dans la mémoire temporaire. Vous n'avez pas besoin de recharger cet appareil. Si vous l'abandonnez, le jetez ou tentez de le détruire, si vous essayez de retirer la carte SIM, vous rejoindrez immédiatement les autres dans la mémoire cachée…

Ça veut dire qu'ils sont… prisonniers ? s'écria Balthazar. Morts ? Que je serai comme eux ?

Les larmes lui vinrent aux yeux.

… et vous y demeurerez jusqu'à la fin des temps. L'entreprise ReFNe vous remercie de votre collaboration.

Balthazar jeta le téléphone au pied de son lit comme il se serait débarrassé d'un serpent venimeux. L'appareil rebondit plusieurs fois sur le matelas avant d'atterrir doucement entre le bois et la couette. Il se mit à sonner. Ce n'était pas la sonnerie sélectionnée par Balthazar, mais un rire, horrible.

Pierre Bordage, « Fonds d'écran » (2002).

---

8. Fébrilement : avec nervosité.

QUESTIONS SUR *FONDS D'ÉCRAN*

AI-JE BIEN LU ?

1 Cochez les bonnes réponses.

a. Balthazar a acheté…
- ☐ une PS3.
- ☐ un ordinateur de bureau.
- ☐ un téléphone de la marque ReFNe.

b. En fonds d'écran, Balthazar a mis… (deux réponses)
- ☐ Végéta, un personnage du manga *Dragon Ball Z*.
- ☐ une photographie de la chanteuse Amel.
- ☐ Kartmann, le personnage du dessin animé *South Park*.

c. Balthazar appelle Tania en premier, car…
- ☐ elle est sa meilleure amie.
- ☐ elle lui plaît et il veut l'impressionner avec son téléphone.
- ☐ il veut tester la visiophonie.

d. À la suite de son appel, Tania…
- ☐ disparaît mystérieusement.
- ☐ fait une fugue.
- ☐ fait une farce à Balthazar.

e. Balthazar peut-il aller rendre son téléphone à la boutique ?
- ☐ Oui, le vendeur le lui échangera, car il est défectueux.
- ☐ Non, car il deviendrait prisonnier de la mémoire cachée du téléphone.
- ☐ Oui, le vendeur enlèvera la carte SIM.

J'ANALYSE LE TEXTE

Les éléments réalistes et les indices d'étrangeté

2 À quelle époque l'action se déroule-t-elle ? Relevez des détails réalistes justifiant votre réponse.

❸ Complétez le tableau en relevant les éléments qui appartiennent à l'étrange.

	Caractérisation
La boutique	....
Le vendeur	....
Le téléphone (options et prix)	....

L'objet fantastique

❹ Quels personnages Balthazar appelle-t-il successivement avec son nouveau téléphone ?

❺ **a.** Qu'arrive-t-il à deux d'entre eux ? À la suite de quelle opération ? Montrez que le scénario se répète.

b. Dans quelles circonstances leur visage photographié réapparaît-il ? Notez l'expression des visages.

c. Quel est donc apparemment le pouvoir de ce téléphone ?

❻ **a.** Quel message inquiétant Balthazar reçoit-il ensuite ?

b. Quel phénomène étrange se produit-il à la fin de la nouvelle ?

Le personnage de Balthazar

❼ **a.** Quel âge Balthazar a-t-il selon vous ? Justifiez.

b. Comment manifeste-t-il son plaisir d'avoir un nouveau portable, au début de la nouvelle ?

❽ Pourquoi veut-il modifier le fond d'écran de son téléphone ? Que pouvez-vous en déduire sur son caractère ?

❾ **a.** Comment Balthazar s'explique-t-il la première image terrifiante qu'il découvre sur son téléphone ?

Reconstituez son raisonnement (l. 82-90).

b. Pourquoi ne parle-t-il pas de tout cela à ses parents ou aux policiers ?

10 **a.** Quand Balthazar comprend-il que ses appels ont un rapport avec les disparitions de Tania et Timothée ? Indiquez les lignes.

b. Relevez le vocabulaire du malaise et de la peur.

Les jeux sur les mots et les symboles

> INFO+
> Le jeu sur les **sens propre** (sens premier) et **figuré** (sens imagé) d'un mot permet de souligner l'engrenage tragique et ouvre la voie à plusieurs interprétations du texte.

11 Dans les expressions soulignées, quels mots sont employés au sens figuré ? Indiquez le sens propre de ces mots.

a. Les flics lui flanquaient une frousse de tous les diables.

b. Le soir, comme il mourait d'envie de s'amuser avec son téléphone, il appela Émilie, une copine.

> INFO+
> Dans la Bible, le **chiffre 6** répété trois fois est attribué par Dieu au diable. Il signifie l'imperfection par opposition au chiffre 7 qui fait référence à la perfection divine.

12 Quelle valeur symbolique attribuez-vous au numéro qui s'affiche sur le fond d'écran ? Qu'en déduisez-vous sur le véritable responsable des disparitions de Tania et Timothée ?

13 **a.** Quelle est la figure de style employée aux lignes 209-210 ? Justifiez votre réponse.

☐ une allégorie ☐ une métaphore ☐ une comparaison

b. Que symbolise le serpent dans la Bible ?

c. Dans cette perspective, que peut symboliser la couleur « rouge vif » de l'affichette présente dans la vitrine de la boutique ?

14 **a.** Quel est l'âge de toutes les victimes ?

b. Quel enseignement peut-on tirer de la nouvelle concernant l'usage des nouvelles technologies ?

JE FAIS LE BILAN

15 Faites le bilan en expliquant pourquoi la nouvelle s'intitule « Fonds d'écran ».

J'ÉTUDIE LA LANGUE

Grammaire : le niveau de langage

16 Soulignez les mots et expressions relevant du langage familier, puis réécrivez ce passage en utilisant le niveau de langage courant.

« Alors il prétexta un ordre de ses parents pour raccrocher et se rabattre sur Timothée, un mec de la classe qu'il n'aimait pas beaucoup, un frimeur toujours sapé à la dernière mode. [...]
– D'accord. Envoie-moi ta tronche, j't'envoie la mienne. »

Vocabulaire : la racine grecque *phone*

INFO+
Le mot grec *phônê*, qui signifie « voix », est à l'origine de la racine *phon/phono* (« voix », « son »).

17 **a.** Expliquez la composition et le sens de « visiophonie ».
b. Reliez chaque mot à sa définition.

orthophoniste •	• objet qui reproduit les sons
homophones •	• ensemble de sons désagréables
cacophonie •	• professionnel qui rééduque la voix
symphonie •	• sans voix
magnétophone •	• mots de mêmes sonorités
aphone •	• harmonie de sons

JE M'EXPRIME À L'ORAL

Participer à un débat

18 Selon vous, les écrans (télévision, ordinateur, téléphone, console de jeux) ont-ils des conséquences plutôt positives ou négatives ?

AIDE
- Préparez vos arguments et exemples (puisés dans la vie quotidienne, la littérature et le cinéma).
- Aidez-vous du tableau suivant pour organiser vos idées.

Aspects positifs des écrans	Aspects négatifs des écrans
Les écrans permettent de se voir à distance. Par exemple…	Les écrans favorisent l'isolement. Par exemple…
…………………………… Ainsi…	Ils peuvent provoquer une addiction… Ainsi…
…………………………… ……………………………	…………………………… ……………………………

POUR ALLER PLUS LOIN

J'ÉCRIS À PARTIR D'UNE IMAGE

Gustave Courbet, portrait de l'artiste dit *Le désespéré*, 1841.
Huile sur toile, 45 × 55 cm, collection particulière.

► RETROUVEZ CE VISUEL EN COULEURS SUR LE RABAT EN DÉBUT D'OUVRAGE

En une trentaine de lignes, inventez l'histoire de ce portrait.

AIDE

- Observez bien le tableau : jeux de lumière, attitude du personnage, expression du regard.
- Lisez la légende du tableau. Quelle information vous donne son titre ?
- Imaginez un événement fantastique à l'origine de l'émotion du jeune homme.
- Inspirez-vous des nouvelles que vous avez lues.

Les figures du fantastique

Nosferatu le vampire (1922), film réalisé par F.W. Murnau.

La figure du double : entre raison et folie

Le double par division ou multiplication

• On distingue le double par division (un personnage voit une partie de lui-même se séparer de lui et devenir autonome) du double par multiplication (un personnage et son sosie ou son portrait...).
• Deux célèbres nouvelles traitent du **double par division** : *L'Étrange Histoire de Peter Schlemihl* (1814), d'A. von Chamisso, et *L'Étrange Cas du Docteur Jekyll et de Mr Hyde* (1866), de R.L. Stevenson.
Peter Schlemihl, jeune homme désargenté, se voit dépossédé de son ombre qu'il a vendue au diable (voir p. 119). Quant au **docteur Jekyll**, il fabrique une drogue qui pourrait dissocier le bien du mal dans la nature humaine. Réalisant lui-même l'expérience, il est tour à tour le gentil docteur Jekyll ou le méchant Mr Hyde...
• On trouve un exemple de **double par multiplication** dans la nouvelle d'Edgar Poe, ***William Wilson*** (1839). Dans une pension anglaise, un collégien, William Wilson, est surpris de voir arriver un élève qui porte le même nom et qui est né le même jour que lui !
Dans ***Le Portrait de Dorian Gray*** (1891), Dorian, jeune homme d'une beauté exceptionnelle, pose en tant que modèle pour un peintre. Le jour où ce dernier achève son portrait, il prend soudain conscience que sa jeunesse et sa beauté sont éphémères : « Je deviendrai vieux, horrible, affreux !... Mais cette peinture restera toujours jeune. Ah ! si cela pouvait changer ; si c'était moi qui toujours devais rester jeune, et si cette peinture pouvait vieillir !... Pour cela, pour cela je donnerais tout !... Mon âme, même !... » Et voilà que son souhait insensé se réalise : c'est son portrait qui vieillira à sa place et portera les marques des aspects négatifs de sa personnalité et de ses péchés, jusqu'au drame final.

— *Le Portrait de Dorian Gray*, image du film réalisé par Albert Lewin (1945)

Hurd Hatfield (Dorian Gray) dans le film d'Albert Lewin.

— *Le Portrait de Dorian Gray*, affiche du film réalisé par Oliver Parker (2009)

Ben Barnes (Dorian Gray) dans le film d'Oliver Parker.

▸ QUESTIONS SUR LES IMAGES

1. a. Décrivez la photographie et l'affiche.

b. Comment s'appelle le personnage représenté ?

2. a. Comment le motif du double est-il rendu sur la photographie du film d'Albert Lewin ?

b. Comment est-il rendu sur l'affiche du film d'Oliver Parker ?

3. a. En quoi ces deux images ont-elles une dimension fantastique ?

b. Quels sentiments suscitent-elles en vous ?

Le double hallucinatoire

• On parle de double hallucinatoire quand le double n'est visible que du personnage victime de dédoublement. Celui-ci ne sait pas s'il est victime d'une hallucination ou s'il a vraiment affaire à son double ; le lecteur est alors entraîné au cœur du problème du **dédoublement de la personnalité**. Maupassant en donne un exemple avec ***Le Horla*** : il y met en scène un héros victime d'un double persécuteur, qu'il appelle Le Horla. Ce dernier est invisible, mais il boit son lait, tourne les pages de son livre…

— *Le Double secret*, de René Magritte

À travers ce tableau, le peintre surréaliste René Magritte suggère que l'enveloppe corporelle d'un homme dissimule les multiples facettes de sa personnalité ; il nous invite à réfléchir sur la difficulté à appréhender son identité.

René Magritte, *Le Double secret*, 1927. Huile sur toile, 114 × 15 cm. Paris, Centre Georges-Pompidou.

► QUESTIONS SUR L'IMAGE

1. Décrivez ce que vous voyez.

2. Quelles sont les deux facettes de la personnalité représentées ici ? (Dans la tradition carnavalesque, les grelots font partie des attributs du fou.)

Le pacte diabolique

Dans la **tradition chrétienne**, le diable (Lucifer, Belzébuth, Méphistophélès ou Satan) est un ange qui s'est rebellé contre Dieu. Il personnifie l'esprit du mal et agit auprès des hommes par la tentation.

Vendre son ombre

— Extrait de *L'Étrange Histoire de Peter Schlemihl*, de Chamisso

Le héros rencontre le diable qui lui fait une proposition.

« M'acheter mon ombre ! il est fou », me dis-je en moi-même, et d'un ton qui sentait peut-être un peu la pitié, je lui répondis :
« Eh ! mon ami, n'avez-vous donc point assez de votre ombre ! » [...]
« Que Monsieur daigne examiner cette bourse et en faire l'essai. » – il tira en même temps de sa poche et remit entre mes mains un sac de maroquin à double couture et fermé par des courroies. J'y puisai, et en retirai dix pièces d'or, puis dix autres, puis encore dix, et toujours dix. – Je lui tendis précipitamment la main. – « Tope ! dis-je, le marché est conclu, pour cette bourse vous avez mon ombre. »
Il me donna la main, et sans plus de délai se mit à genoux devant moi : je le vis avec la plus merveilleuse adresse détacher légèrement mon ombre du gazon depuis la tête jusques aux pieds, la plier, la rouler, et la mettre enfin dans sa poche.
Il se releva quand il eut fini, s'inclina devant moi, et se retira dans le bosquet de roses. Je crois que je l'entendis rire en s'éloignant.

Adelbert von Chamisso, *L'Homme qui a perdu son ombre, histoire merveilleuse de Pierre Schlemihl* (1822), traduit par Hippolyte von Chamisso, J. Tardieu, 1864.

▸ QUESTIONS SUR LE TEXTE

1. Quel est le pacte proposé par le diable ?

2. En quoi cet extrait illustre-t-il le thème du double par division ?

Vendre son âme

Le thème du pacte diabolique est immortalisé par l'écrivain allemand Goethe dans ***Faust*** (1808). Le docteur Faust est un vieux savant qui a consacré sa vie à ses recherches. Comprenant qu'il est passé à côté des plaisirs de ce monde, il décide de mettre un terme à ses jours lorsque le **diable Méphisto** lui propose de lui rendre jeunesse et beauté en échange de son âme. Faust accepte.

***Méphistophélès dans le cabinet du docteur Faust*, de Fabio Cipolla**

Fabio Cipolla (1852-1935), *Méphistophélès dans le cabinet du docteur Faust*. Chromolithographie.

▸ QUESTIONS SUR L'IMAGE

1. Décrivez le cadre et les personnages.
Que symbolisent les animaux présents ?

2. À quoi voit-on que Faust est un savant ?

3. Quels éléments permettent d'identifier le diable ?

4. Quel personnage apparaît à l'arrière-plan ? Sous quelle forme ?

Les morts vivants

L'univers fantastique **brouille les frontières** entre la raison et la folie, comme celles **entre la vie et la mort**. C'est pourquoi les apparitions de morts vivants y ont une place prépondérante, favorisée notamment par la pratique du spiritisme et autres manières de communiquer avec les morts, en vogue au XIXe siècle. Le thème du mort vivant englobe toute une série de créatures, telles que le fantôme, le revenant, le vampire, le zombie.

Les fantômes et les revenants

• Les **fantômes** sont des morts vivants désincarnés, c'est-à-dire privés de leur chair. On les représente comme des esprits flottant dans l'air revêtus d'un drap blanc et porteurs de lourdes chaînes. Ils apparaissent souvent à minuit, le jour de l'anniversaire de leur mort.

Photo spirite

Apparue au milieu du XIXe siècle, la photo spirite cherche à faire apparaître des réalités surnaturelles.

► QUESTIONS SUR L'IMAGE

1. Décrivez le décor et les personnages.

2. Comment, selon vous, la photo a-t-elle été réalisée ?

A ghost which was not a ghost (« Un fantôme qui n'en était pas un »), photo anonyme, XIXe siècle.

• Le **revenant** revêt la forme d'une personne décédée, dont il conserve les traits physiques, mais, comme le fantôme, il est impalpable.
• Dans les récits fantastiques, les morts vivants sont plutôt des revenants : ils reviennent sous forme d'**apparition**, peuvent parler et disparaissent tout d'un coup. On ne sait s'ils sont le produit de l'imagination ou s'ils ont réellement franchi les frontières de la mort. L'écrivain Villiers de l'Isle-Adam (1838-1889) aborde le thème du revenant dans la nouvelle ***Véra***. Le comte Roger d'Athol est en proie au désespoir, car il vient de perdre subitement Véra, son épouse adorée.

— Extrait de *Véra*, de Villiers de l'Isle-Adam, 1883

Le soir de l'anniversaire de la mort de Véra, le comte d'Athol est intimement persuadé que celle-ci sera là, dans sa chambre. Soudain…

Un frais éclat de rire musical éclaira de sa joie le lit nuptial ; le comte se retourna. Et là, devant ses yeux, faite de volonté et de souvenir, accoudée, fluide, sur l'oreiller de dentelles, sa main soutenant ses lourds cheveux noirs, sa bouche délicieusement entr'ouverte en un sourire tout emparadisé de voluptés, belle à en mourir, enfin ! la comtesse Véra le regardait un peu endormie encore.
– Roger !… dit-elle d'une voix lointaine.
Il vint auprès d'elle. Leurs lèvres s'unirent dans une joie divine, – oublieuse, – immortelle ! […]
Tout à coup, le comte d'Athol tressaillit, comme frappé d'une réminiscence fatale.
– Ah ! maintenant, je me rappelle !… dit-il. Qu'ai-je donc ? – Mais tu es morte !
À l'instant même, à cette parole, […] s'effaçant entre les bras désespérés qui voulaient en vain l'étreindre encore, l'ardente et blanche vision rentra dans l'air et s'y perdit. […] Le comte se dressa ; il venait de s'apercevoir qu'il était seul. Son rêve venait de se dissoudre d'un seul coup […].

▸ QUESTIONS SUR LE TEXTE

La nouvelle débute par cette phrase :
« L'Amour est plus fort que la Mort. »

1. Quel est le rôle de l'amour dans l'expérience racontée ?
2. Quelle explication rationnelle pourrait-on alors en donner ?

Les zombies

• Le mythe du zombie est issu du **folklore haïtien** : le zombie est un mort réanimé par un sorcier qui le contrôle et en fait son esclave.
Il convient de distinguer le zombie du fantôme : le zombie est un corps sans esprit, tandis que le fantôme est un esprit sans corps.
• Au XXᵉ siècle, l'écrivain H.P. Lovecraft (1890-1937) écrit plusieurs nouvelles qui utilisent et détournent le mythe du zombie. Il invente un monde inquiétant où apparaissent des êtres monstrueux, agressifs et à l'aspect répugnant : ils représentent une menace pour les humains et préfigurent le zombie moderne. Le fantastique bascule vers un fantastique d'épouvante.
• George A. Romero, avec son film *La Nuit des morts vivants* (1968), crée la figure du **zombie moderne**, que l'on retrouve, par exemple, dans la bande dessinée *The Walking Dead*, récemment adaptée en série TV et en jeux vidéo, mais aussi dans de nombreux films.
• Dans le film d'animation ***Zombillénium*** (2017), d'Arthur de Pins et Alexis Ducord, adapté d'une bande dessinée, Zombillénium est un parc d'attractions dont les employés sont des morts vivants (zombies, vampires, loups-garous). Prisonniers du diable, ils sont chargés de divertir les gens. Un jour, ils se mettent en grève...
Le thème du zombie devient prétexte à une **satire sociale** qui dénonce les abus de la société de consommation et de la vie en entreprise.

Image du film *Zombillénium*, d'Arthur de Pins et Alexis Ducord

▸ QUESTIONS SUR L'IMAGE

1. Décrivez le zombie au premier plan. Que fait-il ?

2. Dans quel cadre la scène se déroule-t-elle ?

3. Quelle image le film donne-t-il des zombies ?

Les vampires : la naissance du mythe

• La figure du vampire appartient à l'origine au **folklore de l'Europe orientale** (Roumanie, Pologne). Il représente un type particulier de mort vivant : c'est un être mort et enterré, qui continue son existence en buvant le sang des vivants ; dans certains cas, ces derniers deviennent vampires à leur tour.

• Le motif du vampire est mis à l'honneur en Angleterre, au début du XIXe siècle, avec le **roman gothique ou roman noir**, où domine la présence du macabre.

• En 1836, Théophile Gautier aborde le thème de la **femme vampire** dans sa nouvelle « La Morte amoureuse ». Un jeune prêtre, Romuald, tombe éperdument amoureux d'une jeune femme étrange, Clarimonde, aperçue à l'église. Un an plus tard, une nuit, un homme vient le chercher, car sa maîtresse se meurt dans son château. Romuald reconnaît alors Clarimonde et contemple le cadavre dans la pénombre de la chambre mortuaire. Il dépose un baiser sur les lèvres de la morte qui se réveille et lui parle... Romuald s'évanouit et se retrouve chez lui. On lui apprend qu'il a été malade pendant trois jours et qu'il n'y a pas de château dans les environs...

• En 1897, l'auteur anglais **Bram Stoker** imagine, à partir d'une légende et d'un fait divers, le vampire le plus célèbre de tous les temps : le **comte Dracula**. Inspiré par le tueur en série Jack l'éventreur qui sévit à Londres, Bram Stoker fait de son personnage un vampire aristocratique et raffiné qui vit dans son château, ne sort que la nuit et s'abreuve de sang.

— Extrait de *La Morte amoureuse*, de Théophile Gautier

Romuald a passé la nuit avec Clarimonde.
Au petit matin se produit une chose étrange...

En coupant un fruit, je me fis au doigt une entaille assez profonde. Le sang partit aussitôt en filets pourpres, et quelques gouttes rejaillirent sur Clarimonde. Ses yeux s'éclairèrent, sa physionomie prit une expression de joie féroce et sauvage que je ne lui avais jamais vue. Elle sauta à bas du lit avec une agilité animale, une agilité de singe ou de chat, et se précipita sur ma blessure qu'elle se mit à sucer avec un air d'indicible volupté. Elle avalait le sang par petites gorgées, lentement et précieusement, comme un gourmet qui savoure un vin de Xérès ou de Syracuse ; elle clignait des yeux à demi, et la pupille de ses prunelles vertes était devenue oblongue au lieu de ronde. De temps à autre, elle s'interrompait pour me baiser la main, puis elle recommençait à presser de ses lèvres les lèvres de la plaie pour en faire sortir encore quelques gouttes rouges. Quand elle vit que le sang ne venait plus, elle se releva, l'œil humide et brillant, plus rose qu'une aurore de mai, la figure pleine, la main tiède et moite, enfin plus belle que jamais et dans un parfait état de santé.

Théophile Gautier, « La Morte amoureuse »,
in *Contes et récits fantastiques*, 1836.

▸ QUESTIONS SUR LE TEXTE

1. a. Que révèle cette scène sur la nature de Clarimonde ?
b. Quelles transformations physiques subit-elle lorsque des gouttes de sang jaillissent sur elle ?
2. Que signifie la réaction de Romuald ?
Quel lien pouvez-vous faire entre le vampirisme et l'amour ?

Les vampires : un thème clé du fantastique contemporain

• Inspiré du livre fondateur de Bram Stoker, ***Nosferatu le vampire*** (1922) de Friedrich W. Murnau est l'un des premiers films d'horreur du cinéma. C'est un film muet dans lequel le vampire est un monstre solitaire assoiffé de sang, qui sort la nuit et dort dans un cercueil.

• Le vampire devient une **figure romantique** avec la série ***Chroniques des vampires*** d'Anne Rice, dont plusieurs volumes ont été adaptés au cinéma, notamment le premier tome, paru en 1976 : *Entretien avec un vampire* (film de Neil Jordan sorti en 1994).

Originellement maléfique et sanguinaire, le vampire devient un être séduisant en proie à des passions, cherche à se mêler aux activités humaines et se met à choisir ses proies en vertu de critères moraux.

• Avec sa série ***Twilight*** (2005-2008), Stephenie Meyer va plus loin en imaginant des vampires « végétariens » ayant pour éthique de ne boire que du sang animal ! Edward Cullen est l'un d'eux.

• La modernité du personnage du vampire en fait une figure incontournable du monde fantastique actuel. En témoignent les très nombreuses adaptations de romans sur les vampires et la popularité de séries telles que *Buffy contre les vampires* ou *Vampire Diaries*. On peut également citer le succès de bandes dessinées, comme *American Vampire*, dont l'un des auteurs n'est autre qu'un maître incontesté du genre fantastique américain : Stephen King.

— *Nosferatu* dans le film de F.W. Murnau

Nosferatu, de F.W. Murnau, Prana Films, Allemagne, 1922.

— Personnage d'Edward Cullen dans *Twilight*, de C. Weitz

Twilight, de Chris Weitz, 2009-2012.

▸ QUESTIONS SUR LES IMAGES

1. Décrivez Nosferatu (traits, posture, vêtements...).

2. Nosferatu et Edward Cullen ont tous deux le teint très pâle et une allure raffinée. Pourquoi ?

3. Pourquoi peut-on dire que la figure du vampire s'est humanisée au fil du temps ? Prenez en compte leur allure physique.

INDEX

Les notions

Le narrateur et le cadre 23
L'irruption du fantastique 24, 60
Les femmes fantastiques 25
La chute 25
Le principe d'hésitation 25, 62
Le motif du château lugubre 35
Les clairs-obscurs 36
La gradation 36
Le récit emboîté 37
La leçon philosophique 37
Le récit rétrospectif 59
La figure du diable 77, 78
Le personnage tentateur 96
Les textes fondateurs 97
Les jeux sur les mots et les symboles 111

Les exercices sur la langue

Autour du mot « fantastique » 27
Les verbes de mouvement et leur sujet 27
L'expression du trouble émotionnel 62
Les préfixes négatifs *in-* et *a-* 63
L'expression du doute 80
Autour du mot « diable » 80
Autour du mot « connaître » 99
Le niveau de langage 112
La racine grecque *phone* 112

Les exercices d'écriture et d'expression orale

Faire un exposé 28
Écrire un récit fantastique à partir d'un objet 28
Partager ses impressions 38
Écrire une suite 38, 81
Participer à un débat 64, 113
Décrire un lieu inquiétant 64
Jouer et mettre en scène un extrait de la nouvelle 100
Écrire une lettre 100
Écrire à partir d'une image 114

TABLE ICONOGRAPHIQUE

1re de couv : ph © Photothèque R. Magritte/Adagp Images, Paris, 2018
4e de couv : ph © Photothèque R. Magritte/Adagp Images, Paris, 2018
rabat 1 : ph © Heritage Images/Leemage
int. rabat 1 : ph © De Agostini/Leemage
rabat 2 : Coll. CHRISTOPHE L
int. rabat 2 : Arthur de Pins et Alexis Ducord © Dupuis
2 : Coll. Archives Hatier
3 : Prod DB/AllPix/Aurimages
22 : Coll. Archives Hatier
39 : ph © DeAgostini/Leemage
75 : Coll. Archives Hatier
114 : ph © Heritage Images/Leemage
115 : Prod DB/AllPix/Aurimages
117 g : Coll. CHRISTOPHEL/RnB © MGM
117 dt : ph © Prod DB/AllPix/Aurimages
118 : ph © Photothèque R. Magritte/BI, Adagp, Paris, 2018
120 : ph © Costa/Leemage
121 : ph © www.bridgemanimages.com
124 : Arthur de Pins et Alexis Ducord © Dupuis
127 g : Prod DB/AllPix/Aurimages
127 dt : ph ©AF archive/Alamy Stock Photo

Iconographie : Hatier Illustrations
Graphisme : Mecano – Laurent Batard
Mise en pages : Alinéa
Édition : Clothilde Diet
Carte : Légendes cartographie
Illustrations : Patrick Deubelbeiss

Achevé d'imprimer par Black Print CPI Iberica S.L.U - Espagne
Dépôt légal 04766-2/05 - Janvier 2021